Edgar Allan Poe ▪ Ernani Fornari ▪ Horacio Quiroga
H. P. Lovecraft ▪ Humberto de Campos
Lygia Fagundes Telles ▪ Machado de Assis
Pedro Bandeira ▪ Saki ▪ W. W. Jacobs

Histórias para não dormir
Dez contos de terror

Seleção e organização
Luiz Roberto Guedes
Emílio Satoshi Hamaya

Ilustrações
Piero Pierini

editora ática

Histórias para não dormir: dez contos de terror
© Ernani Fornari, Lygia Fagundes Telles, Pedro Bandeira, W. W. Jacobs, 2009

Editora-chefe	Claudia Morales
Editor	Fabricio Waltrick
Editor assistente	Emílio Satoshi Hamaya
Redação "Quero mais"	Thompson Loiola
Coordenadora de revisão	Ivany Picasso Batista
Revisoras	Alessandra Miranda de Sá e Claudia Cantarim
ARTE	
Projeto gráfico	Marcos Lisboa, Suzana Laub, Katia Harumi Terasaka, Roberto Yanes
Editor	Vinicius Rossignol Felipe
Diagramadora	Thatiana Kalaes
Editoração eletrônica	Signorini Produção Gráfica
Pesquisa iconográfica	Sílvio Kligin (coord.), Jaime Yamane, Josiane Camacho

CIP-BRASIL. CATALOGAÇÃO NA FONTE
SINDICATO NACIONAL DOS EDITORES DE LIVROS, RJ

C781

Histórias para não dormir : dez contos de terror / Edgar Allan Poe...[et al.] ; organização Luiz Roberto Guedes ; ilustrações Piero Pierini. - 1.ed. - São Paulo : Ática, 2009.
152p. : il. - (Quero ler)

Acompanhado de suplemento de atividades
Apêndice
ISBN 978 85 08 12562-3

1. Literatura infantojuvenil. 2. Contos de terror. I. Poe, Edgar Allan, 1809--1849. II. Guedes, Luiz Roberto. III. Pierini, Piero. IV. Título. V. Série.

09-1477.   CDD 028.5
                CDU 087.5

ISBN 978 85 08 12562-3 (aluno)
ISBN 978 85 08 12563-0 (professor)
Código da obra CL 736636

2021
1ª edição | 10ª impressão
Impressão e acabamento: **Vox Gráfica**

Todos os direitos reservados pela Editora Ática, 2009
Av. Otaviano Alves de Lima, 4400 – CEP 02909-900 – São Paulo, SP
Atendimento ao cliente: 4003-3061 – atendimento@atica.com.br
www.atica.com.br

IMPORTANTE: Ao comprar um livro, você remunera e reconhece o trabalho do autor e de muitos outros profissionais envolvidos na produção editorial e na comercialização das obras: editores, revisores, diagramadores, ilustradores, gráficos, divulgadores, distribuidores, livreiros, entre outros. Ajude-nos a combater a cópia ilegal! Ela gera desemprego, prejudica a difusão da cultura e encarece os livros que você compra.

Histórias para acordar o medo

O conto de terror é o fruto mais sombrio da árvore chamada literatura fantástica, que abrange uma variedade de "ramos" ou subgêneros como o fantástico, o terror sobrenatural, o maravilhoso dos contos de fadas, a ficção científica, sagas de magia e fantasia, lendas de vampiro e lobisomem, e um vasto universo alternativo.

As raízes desses gêneros são antigas como a civilização: o fantástico, o horror e o terror sobrenatural estão presentes em mitologias milenares e em inumeráveis obras ao longo da história, da Odisseia de Homero às peças de Shakespeare. A narrativa fantástica clássica nos confronta com acontecimentos insólitos que representam uma "violação dos limites do tempo, espaço e das leis da natureza", na definição do especialista em terror H. P. Lovecraft. Portanto, a lei que rege esse universo ficcional é levar o leitor a "quase acreditar" em mundos e poderes extraordinários ou sobrenaturais. Porém, mais do que intrigar, a literatura de terror busca essencialmente provocar medo, "a mais antiga e mais forte emoção humana", como adverte o mestre Lovecraft, ressaltando que o mais antigo e mais profundo é o medo do desconhecido.

Este Histórias para não dormir *reúne autores estrangeiros e brasileiros que praticaram magistralmente essa arte de arrepiar o leitor. Como exemplo do terror causado pelo desconhecido, os contos "Os olhos que comiam carne" (Humberto de Campos), "A mão do macaco" (W. W. Jacobs), "A caçada" (Lygia Fagundes Telles), "Vento frio"*

(H. P. Lovecraft) e "Por que matei o violinista" (Ernani Fornari) desafiam nossa racionalidade com eventos absurdos ou inexplicáveis. Entretanto, o reino do terror é principalmente o mundo real, e sua causa é a própria natureza humana: o estranho pode ser fruto de sonhos, ilusões, alucinações ou loucura. Assim, os demais contos flagram o terror que explode no cotidiano: "A galinha degolada" (Horacio Quiroga), "O barril de Amontillado" (Edgar Allan Poe), "Sredni Vashtar" (Saki), "O capitão Mendonça" (Machado de Assis) e "Os cachos da situação" (Pedro Bandeira).

De resto, os fãs dos filmes de terror conhecem bem as artimanhas do gênero, tanto quanto nossa invencível atração pelas garras geladas do medo. É hora de abrir este livro e ativar a máquina literária que desperta terrores primitivos. Escolhemos estes pesadelos para você com a mais malévola das intenções. Pode acreditar.

Luiz Roberto Guedes

Sumário

Sredni Vashtar | 7
Saki

Os cachos da situação | 17
Pedro Bandeira

A mão do macaco | 27
W. W. Jacobs

Por que matei o violinista | 45
Ernani Fornari

O barril de Amontillado | 59
Edgar Allan Poe

A caçada | 69
Lygia Fagundes Telles

A galinha degolada | 77
Horacio Quiroga

Os olhos que comiam carne | 89
Humberto de Campos

Vento frio | 97
H. P. Lovecraft

O capitão Mendonça | 111
Machado de Assis

Quero mais | 147

Sredni Vashtar
Saki

No conto a seguir, a imaginação é o único refúgio de um menino doente, frágil, sem carinho de mãe e submetido a uma tutora autoritária, a quem ele detesta. Brincando solitário, um barracão se transforma num reino de fantasia, onde ele pode dar asas à sua imaginação. Assim, o garoto chega ao extremo de criar uma divindade primitiva: um deus animal, ao qual dá nome, oferece preces, hinos... até o momento de lhe pedir uma dádiva. Será que um desejo secreto – sussurrado em sua mente – pode se tornar realidade? Mas um animal com garras e presas afiadas pode ser um perigo mortal! No mundo do menino Conradin, parece não haver nenhuma inocência... nem limite para o poder da imaginação.

I

Conradin tinha dez anos de idade e o médico manifestou sua opinião profissional de que o menino não viveria nem cinco anos mais. O médico era sedoso e efeminado, e contava pouco, mas sua opinião era endossada pela senhora De Ropp, que contava muito. A senhora De Ropp era prima e guardiã de Conradin e aos olhos dele ela representava aqueles três quintos do mundo que são necessários, desagradáveis e reais; os outros dois quintos, em perpétuo antagonismo com os precedentes, resumiam-se a ele próprio e sua imaginação. Conradin achava que um dia desses ia sucumbir à dominante pressão de coisas necessárias e cansativas, como doenças, restrições opressivas e aborrecimentos planejados. Sem sua imaginação, que era exuberante sob a pressão da solidão, ele teria sucumbido há muito.

A senhora De Ropp jamais confessaria, mesmo em seus momentos mais sinceros, que não gostava de Conradin, embora pudesse ter uma vaga consciência de que oprimir o menino "para o seu bem" era um dever que não achava particularmente desagradável. Conradin a odiava com uma desesperada sinceridade, que era perfeitamente capaz de mascarar. Os poucos prazeres que conseguia arquitetar para si mesmo ganhavam um tempero extra pela probabilidade de que seriam desagradáveis à sua guardiã, e do reino de sua imaginação ela era banida: uma coisa impura, que não podia ganhar admissão.

No jardim sem graça e triste, vigiado por tantas janelas sempre prontas a se abrir com uma mensagem de não fazer isto ou aquilo, ou um lembrete de que estava na hora do remédio, ele encontrava pouco atrativo. As poucas árvores frutíferas ali existentes ficavam ciosamente impedidas de se colher delas, como se fossem raros espécimes de sua espécie a florescer num árido sertão; provavelmente seria difícil encontrar um verdureiro que oferecesse dez xelins[1] por toda a produção anual. Num canto esquecido, porém, quase escondido atrás de um triste arbusto, havia um barracão de ferramentas abandonado, de proporções respeitáveis, e entre suas paredes Conradin encontrou um abrigo, algo que assumia aspectos variados de sala de brincadeiras e catedral. Ele o havia povoado com uma legião de fantasmas familiares, evocados em parte de fragmentos de história, em parte de sua própria cabeça, mas exibia também dois ocupantes de carne e osso. Num canto vivia uma galinha Houdan de plumagem despenteada sobre a qual o menino despejava um afeto que não tinha nenhuma outra forma de se manifestar. Mais para o fundo, no escuro, ficava uma gaiola grande, dividida em dois compartimentos, um dos quais tinha à frente barras de ferro bem juntas. Era a morada de um grande furão que o menino do açougueiro tinha trazido escondido, gaiola e tudo, para sua atual localização, em troca de um monte de moedinhas acumuladas em longo tempo.

Conradin morria de medo do bicho ágil, de presas afiadas, mas era a coisa mais preciosa que possuía. Sua mera presença no barracão de ferramentas era uma alegria secreta e amedrontadora, a ser mantida escrupulosamente escondida do conhecimento da Mulher, como ele chamava em particular sua prima. E um dia, sabe-se lá de onde, ele inventou para o bicho um nome maravilhoso, e desse momento em diante o furão transformou-se num deus e numa religião. A Mulher praticava a religião uma vez por semana numa igreja próxima e levava Conradin com ela, mas aquele culto era-lhe estranho. Toda quinta-feira, no silêncio penumbroso e

---

1 Designação, em português, da moeda britânica *shilling*, que, até fevereiro de 1971, valia a vigésima parte da libra esterlina. *(N.E.)*

embolorado do barracão de ferramentas, ele celebrava um místico e elaborado cerimonial diante da gaiola de madeira onde vivia Sredni Vashtar, o grande furão. Flores vermelhas em sua estação e frutas roxas no inverno eram ofertadas em seu altar, porque ele era um deus que punha certa ênfase especial no lado ferozmente impaciente das coisas, ao contrário da religião da Mulher, que, na medida em que Conradin conseguia perceber, ia bem longe em direção contrária. E nas grandes festas, noz-moscada em pó era espalhada na frente de sua gaiola, sendo um aspecto importante que a noz-moscada devia ser roubada. Essas festas ocorriam de modo irregular e eram marcadas principalmente para celebrar algum evento passageiro. Numa ocasião, quando a senhora De Ropp sofreu uma aguda dor de dentes por três dias, Conradin manteve a festa durante os três dias inteiros e quase conseguiu se convencer de que Sredni Vashtar era pessoalmente responsável pela dor de dentes. Se aquilo durasse mais um dia, o suprimento de noz-moscada teria se esgotado.

II

A galinha Houdan nunca participava do culto a Sredni Vashtar. Conradin tinha determinado havia muito que ela era uma anabatista. Ele não fingia ter a mais remota ideia do que seria um anabatista, mas em particular esperava que fosse algo ousado e não muito respeitável. A senhora De Ropp era o nível no qual ele baseava e detestava toda respeitabilidade.

Depois de algum tempo, a concentração de Conradin no barracão de ferramentas começou a atrair a atenção de sua guardiã.

— Não é bom para ele ficar vagabundeando lá o tempo todo – ela decidiu prontamente.

E anunciou um dia ao café da manhã que a galinha Houdan tinha sido vendida e fora levada embora durante a noite. Com seus olhos míopes ela examinou Conradin, à espera de que tivesse um ataque de raiva ou de tristeza, que estava pronta a reprimir com uma torrente de excelentes preceitos e argumentos. Mas Conradin não disse nada: não havia nada a dizer. Alguma coisa talvez em seu rosto vazio deu a ela certa momentânea inquietação, pois na hora do chá naquela tarde havia torrada na mesa, uma iguaria que ela normalmente proibia sob o argumento de que não fazia bem a ele; e também porque o preparo da torrada "dava trabalho", ofensa mortal ao olhar feminino da classe média.

— Pensei que gostasse de torrada — ela exclamou, com ar injuriado, vendo que ele não a tocara.

— Às vezes — disse Conradin.

No barracão naquela noite, houve uma inovação no culto do deus engaiolado. Conradin estava acostumado a entoar-lhe louvores; naquela noite pediu uma bênção.

— Faça uma coisa por mim, Sredni Vashtar.

A coisa não foi especificada. Como Sredni Vashtar era um deus, ele deveria saber. E, engolindo um soluço ao olhar para o outro canto, vazio, Conradin voltou ao mundo que tanto detestava.

E toda noite, no escuro bem-vindo de seu quarto, e toda tarde na penumbra do barracão de ferramentas, elevava-se a amarga litania de Conradin:

— Faça uma coisa por mim, Sredni Vashtar.

A senhora De Ropp notou que as visitas ao barracão não cessaram e um dia fez mais uma inspeção.

— O que você guarda trancado naquela gaiola? — ela perguntou. — Acho que são porquinhos-da-índia. Vou mandar levar embora.

Conradin fechou a boca com força, mas a Mulher revirou seu quarto até encontrar a chave cuidadosamente escondida e sem demora marchou para o barracão, a fim de completar sua descoberta. Era uma tarde fria e Conradin fora orientado a permanecer na casa. Da janela mais distante da sala de jantar dava para ver a porta do barracão além do canto do arbusto e ali Conradin se posicionou. Viu a Mulher entrar, e então imaginou que ela abria a gaiola sagrada e espiava com seus olhos míopes a farta cama de palha onde seu deus estava escondido. Talvez ela apalpasse a palha em sua desajeitada impaciência. E Conradin sussurrou ardentemente sua prece pela última vez. Mas sabia ao rezar que não acreditava. Sabia que a Mulher sairia naquele momento estampando no rosto aquele sorriso que ele tanto detestava e dentro de uma ou duas horas o jardineiro levaria embora seu maravilhoso deus, não mais um deus, mas um simples furão marrom numa gaiola. E ele entendeu que a Mulher triunfaria sempre como triunfava agora e que ele cresceria sempre mais adoentado debaixo da sabedoria superior, dominadora e incomodativa até um dia nada mais importar muito para ele e o médico provar que tinha razão. E, no aguilhão e na desgraça de sua derrota, ele começou a entoar em voz alta e desafiadora o hino de seu ídolo ameaçado:

III

Sredni Vashtar avançou,
seus pensamentos eram pensamentos vermelhos e seus
dentes, brancos.
Seus inimigos pediam paz, mas ele levou-lhes a morte.
Sredni Vashtar, o Belo.

E então de repente ele interrompeu seu canto e chegou mais perto da vidraça. A porta do barracão ainda estava aberta como tinha sido deixada e os minutos passavam. Foram longos minutos, mas passaram mesmo assim. Viu os estorninhos correrem e voarem em pequenos bandos pelo gramado; contou-os uma e outra vez, com um olho sempre na porta de vai e vem. Uma criada de cara azeda entrou para arrumar a mesa do chá e mesmo assim Conradin ali ficou, esperou, observou. A esperança havia se infiltrado aos milímetros em seu coração e agora um ar de triunfo começara a reluzir em seus olhos que tinham conhecido apenas a sensata paciência da derrota. Baixinho, com uma furtiva exultação, ele começou uma vez mais seu canto de vitória e devastação. E então seus olhos foram recompensados: por aquela porta passou um bicho longo, baixo, amarelo e marrom, com olhos piscando à luz minguante do dia e escuras manchas úmidas em torno da boca e do pescoço. Conradin caiu de joelhos. O grande furão desceu até um pequeno regato nos fundos do jardim, bebeu um momento, depois atravessou a pontezinha de madeira e sumiu de vista nos arbustos. Assim foi a passagem de Sredni Vashtar.

– O chá está pronto – disse a criada de cara azeda. – Onde está a patroa?

– Ela foi até o barracão faz algum tempo – disse Conradin.

E, enquanto a criada ia chamar sua patroa para o chá, Conradin pegou um garfo de tostar da gaveta do aparador e passou a torrar para si um pedaço de pão. E enquanto o torrava e passava bastante manteiga, enquanto gozava o lento prazer de comê-lo, Conradin ouviu os ruídos e silêncios que vinham em rápidos espasmos do outro lado da porta da sala de jantar. O grito desvairado da empregada, o coro de exclamações assombradas em resposta na cozinha, os passos corridos e as apressadas buscas de ajuda externa, e então, depois de uma pausa, os soluços assustados e o passo arrastado daqueles que traziam uma carga pesada para dentro da casa.

– Quem vai contar para o pobre menino? Eu não tenho coragem! – exclamou uma voz aguda.

E, enquanto discutiam o assunto entre eles, Conradin preparou para si mais uma torrada.

Tradução de José Rubens Siqueira

Saki

pseudônimo literário do britânico Hector Hugh Munro (1870-1916), é considerado um dos melhores contistas do seu tempo. Suas narrativas costumam trazer críticas à sociedade e finais surpreendentes. Criado por duas tias rabugentas, não teve uma infância feliz – talvez por isso muitas de suas histórias mostrem a crueldade de que as crianças são capazes. O conto "Sredni Vashtar" foi publicado em 1911, no livro *The chronicles of Clovis*.

Os cachos da situação
Pedro Bandeira

Numa cidade pequena, a língua do povo tem sempre muita ocupação: a vida alheia, os desmandos dos políticos, os "podres" de uns e outros... O prefeito conservador desta cidadezinha interiorana tem um filho rebelde, roqueiro e cabeludíssimo. A oposição zomba do "chefe do executivo municipal" por conta desse seu herdeiro desviado, com cabeleira de Sansão. Certo dia, o prefeito resolve mostrar ao povo que é um pai severo, com autoridade: oferece um prêmio em dinheiro a quem cortar a juba de seu filho. Você agarraria essa oportunidade pelos cabelos? Neste conto bem-humorado, e ao mesmo tempo macabro, Pedro Bandeira demonstra que a inteligência humana tem limites; mas a estupidez, não.

A edição extra do semanário saiu às ruas repetindo em manchete o que a estação de rádio da pequena cidade vinha já transmitindo desde a madrugada, nos intervalos de cada audição de música sertaneja. Isso porque o programador, radialista frustrado na capital, sabia que os jovens adeptos de ritmos modernos dormiam ainda e só por volta do meio-dia ligariam seus aparelhos de som. Era "A hora do lavrador" e vinha logo após "Toadas do meu tempo", desde que "Caipiras em revista" saíra do ar quando o proprietário do Açougue Paraíso retirara o patrocínio ao passar à oposição.

Mas foi mesmo através do disse-me-disse-ouvi-dizer que o povo inteirou-se do edital da Prefeitura, noite ainda, ao preparar-se para o roça-planta-colhe cotidiano.

O Juiz de Paz, com a costumeira tosse intestinal que todo despertar lhe provocava, cobriu os olhos remelentos com um par de lentes bem pequenas para seu rosto e passeou os olhos pelos títulos do tabloide, numa reação costumeira, repetida sempre, durante longos anos, desde que o tinham enviado para aquele fim de mundo.

Era o jornal da situação, se bem fosse o único, e foi com desprezo que o calvo magistrado reamaldiçoou a providência divina que não lhe possibilitava, a ele, a oposição, editar um boletim sequer, que fizesse ver, ao estúpido povo daquela progressista cidade, os desmandos do atual burgomestre[1].

---

1 Magistrado municipal, usado aqui como sinônimo de prefeito. *(N.E.)*

A novidade de uma edição especial serviu para azedar-lhe ainda mais o humor, que era sempre péssimo ao acordar e geralmente assim se mantinha até alta noite, quando finalmente conseguia vencer sua asmenta insônia. A única justificativa cabível que ele poderia encontrar para aquela exceção seria uma mudança radical nos monótonos ataques a sua pessoa, investida essa pouco provável, uma vez que "aqueles fatos", conhecidos pelo alcaide[2], não poderiam ser divulgados, segundo acordo tácito entre os dois, respeitando o qual ele também se calaria quanto "àquelas tantas coisas" que poderiam abalar os alicerces da Prefeitura.

Com efeito, não foi nada de pessoal o que a leitura lhe informou mas, quando o Meritíssimo ergueu os olhos, de seus pulmões soltaram-se catarros milenares que, por petrificados, engasgaram-no quase à sufocação.

Chamavam-na "Galo do padre", pois a velhota chegava tão cedo para a primeira missa que, quando se iniciavam os ofícios, era invariavelmente encontrada dormitando com os terços a escorrerem-lhe por entre as coxas.

Esta manhã, porém, lhe era especial, e seus olhinhos míopes sorriam, abaixando-se volta e meia para o amarrotado tabloide que apertava junto ao breviário.

Sentindo-se vinte anos mais jovem, ela contornou apressadamente a igrejinha, fazendo ressoar centenas de tique-taques sobre o único calçamento em condições da cidade, e embarafustou-se sacristia adentro sem licenças ou cerimônias, indo bater nervosamente à porta dos aposentos do vigário.

---

2 Prefeito. *(N.E.)*

O respeitável pároco acordou sobressaltado, tendo apenas o tempo suficiente para abafar com as mãos o grito de surpresa ainda na garganta da rotunda marafona que lhe ajudava algumas noites a suportar o celibato. Mal havia coberto a camisola com a batina pelo avesso, encontrava-se frente a frente com a piedosa senhora que lhe enfiava o jornal pelas fuças, acompanhado por um matraquear ininteligível e tão excitado como talvez o fora há meio século atrás em ocasiões mais felizes.

O sacerdote sorria misteriosamente ao tomar conhecimento da novidade e ao conduzir a religiosa novidadeira para um lugar discreto, onde ela não pudesse surpreender os ruídos do espreguiçar da gorducha, que continuava evangélica, apesar dos ingentes esforços do bom padre, que muito se entristecia por esse insucesso na sua piedosa missão temporal.

Nunca, como naquela manhã, o barbeiro exibira sua esplêndida dentadura postiça com tanto gosto. Com quatro rápidos golpes de navalha, recortou a primeira página do jornal e afixou o recorte com um pouco de sabão de barba na vitrine do seu estabelecimento.

O delegado despachou o ordenança com um gesto. Aquele moço ainda haveria de trazer-lhe problemas com seu excesso de zelo. Não, ele não tomaria nenhuma providência especial. Que se danasse o Prefeito e suas ideias.

O velho professor reuniu os cadernos que passara a noite corrigindo. Animaizinhos nojentos de dedo no nariz e olhar perdido na expectativa do sinal do recreio, os seus bons discípulos. Que lhes colhesse o demônio!

Saía apressadamente quando olhou o jornal enfiado sob a porta. A manchete gritava até a um míope:

PREFEITO OFERECE PRÊMIO A QUEM
CORTAR OS CABELOS DE SEU FILHO

e, logo abaixo, leu avidamente, ao erguer o jornal:

Atendendo aos apelos da moral e dos bons costumes que sempre caracterizaram o povo de nosso querido município e dando mais um exemplo de probidade e eficiência que são apanágios da atual administração, resolveu o nosso querido Prefeito oferecer polpuda recompensa em dinheiro a quem conseguir cortar os cabelos de seu próprio filho!

EXEMPLO COMEÇA EM CASA

O Chefe do Executivo Municipal, compreendendo os reclamos da coletividade, que não mais podia suportar a afronta às nossas tradições democráticas e cristãs, consubstanciadas no desaprumo da juventude atual que, com roupas espalhafatosas e cabelos pelos ombros, escandalizava o mais liberal dos cidadãos, resolveu iniciar uma campanha moralizadora de nossas instituições.

ABAIXO AS CABELEIRAS!

"Extirparemos esse câncer de nossa sociedade" – declarou Sua Excelência à nossa reportagem. – "Nem que para isso seja necessário começar por meu próprio filho, carne da minha carne, sangue do meu sangue! Todos me conhecem muito bem e sabem que não descansarei um só minuto..."

O velho mestre saiu de casa antegozando um dia cheio.

Lembrava-se bem do filho do Prefeito. Fora seu aluno e talvez o rei dentre todos os medíocres que já tiveram ocasião de esfregar as jovens bundinhas em suas carteiras cambaias. Hoje era um rapaz magriço, olho morto, lembrando um cabo de infantaria que fugira misteriosamente da cidade uns dezessete anos atrás. Passava no mínimo doze horas por dia remexendo as cadeiras ao som de músicas raramente suportáveis, exibindo roupas incrivelmente coloridas e a famosa cabeleira.

Ah, a cabeleira!

Motivo de riso, espanto e horror em toda a cidade, era cópia exagerada da juba de algum dos guinchadores que motivavam seus saracoteios, ampla e sebosamente aureolando-lhe a cabeça. Dar-lhe-ia um aspecto feminil não fosse a carantonha cheia de espinhas amarelas.

Aquele adolescente era a glória da oposição. Com que sádico prazer o Juiz não espinafrava seu principal adversário, jogando-lhe na cara o débil mental do filho! Nos últimos tempos, toda a plataforma da oposição estava baseada em cores extravagantes e, principalmente, em cachos malcheirosos, a ponto de bastar uma leve alusão a cabelo, para que o nosso bom alcaide perdesse a compostura aludindo a certos cabelos lá da doce mamãezinha do crítico.

De tal modo caíra o prestígio do Prefeito, que seu último esforço para reconquistar a simpatia geral redundara no mais completo vexame. Seus assessores haviam carinhosamente organizado, com banda de música e tudo o mais, a festiva inauguração do mictório público da praça da igreja. Mas, quando foi aberta a primeira porta, depois do triunfal discurso do burgomestre, viu-se, confortavelmente instalado à primeira latrina, um boneco de palha com uma cabeleira de crina de cavalo até o chão, que ali houvera sido colocado a mando do Juiz de Paz. E, para cúmulo do escárnio, a mão direita do espantalho empunhava um nabo de consideráveis proporções atado entre as pernas...

Agora, porém, aquele edital cairia como um raio nos caminhos do Juiz. A grande saída, o golpe de mestre! O velho magistrado ficaria à míngua de seu prato favorito, vencido, o que era melhor, pelas suas próprias armas. Agora, toda a cidade lançar-se-ia aos pés desse extremoso, porém austero progenitor, que não vacilava em levar seu próprio filho ao

achincalhe público em defesa dos mais altos interesses da cidade que lhe confiara os destinos. O Juiz haveria de lhe pagar. O nabo, o Prefeito ainda perdoaria – afinal não há mal algum na propaganda de tão estupenda masculinidade –, mas a cabeleira, e ainda por cima de crina de cavalo! Ah, essa afronta fora demais!

O professor fez ranger o portão do grupo escolar ao refletir nas conveniências do neutralismo político.

Quem exultou com a notícia foi o piedoso sacerdote, que ouvira rumores segundo os quais o jovem cabeludo andara fazendo sua iniciação ao evangelismo junto à sua gorducha.

Exultou a velha "Galo do padre", exultou o barbeiro e exultaram os seletos frequentadores do Bar e Bilhares Cassino Real, para quem aquela quantia em dinheiro era pouco, perto da diversão que a aventura prometia.

E, ao iniciar a semeadura, muito roceiro imaginava o que faria com aquele monte de notas. Dinheiro de sorte grande!

Mas, naquela manhã, o sol era mesmo do Prefeito. Arreganhava-se num sorriso estático, como se lhe tivesse dado ar na pontuda cara de rato gordo de laticínio.

Mais de mil vezes havia pedido, implorado, ameaçado, prometido, chorado, berrado para que seu querido e único rebento aparasse um pouquinho daquela cabeleira armada como um circo. Mas qual! O pequeno rebelde ostentava a carapinha como um troféu e chegava até a ameaçar com suicídio se, durante o sono, alguém ousasse tocar-lhe a cabeça.

Mas o bom do pai tomara afinal as devidas providências. Não havia nada a temer. Ninguém ousaria tocar no filho do Prefeito e, na pior das hipóteses, uma cachola mais arejada até que não viria mal a seu herdeiro. Pagaria a recompensa e pronto.

O que importava era a vitória. A cidade toda em polvorosa comentando a sua severidade e honradez, e o Juiz, enfiado a flatular ameaças, não duraria muito. Provavelmente solicitaria sua remoção para outra comarca e iria lamentar a humilhação e ruminar vingança em sossego e no anonimato.

A maioria portava tesouras, ainda que se pudessem notar facas, foices e até alfanjes entre o rebuliço ululante da multidão que se aproximava da Prefeitura.

A porta escancarou-se com estrondo, e ao Prefeito foi exibida uma comprida cabeleira, de onde ainda pingavam grossas gotas de um vermelho escuro por entre fragmentos de osso.

– Cadê o dinheiro, seu Prefeito?

Pedro Bandeira

nasceu em Santos-SP, em 1942. Já foi ator e diretor de teatro, professor, jornalista e publicitário. Desde 1983 dedica-se inteiramente à literatura, tornando-se um dos escritores mais lidos por crianças e jovens no Brasil. Recebeu importantes prêmios literários, como o da Associação Paulista dos Críticos de Arte (APCA) e o Jabuti.
O conto "Os cachos da situação" é inédito.

A mão do macaco
W. W. Jacobs

No domínio do fantástico existe a crença em objetos amaldiçoados, que podem repetir para sempre as tragédias que atingiram seus antigos donos. Em contrapartida, há amuletos que conferem ao portador o poder de realizar desejos. Porém, há um sábio provérbio que diz: "Muito cuidado com o que deseja, pois você pode conseguir". Também dizem que é impossível "colocar o Gênio de volta na lâmpada" depois de libertado. Esse é o caso dessa misteriosa mão de macaco, um amuleto hindu que teria recebido um encantamento de um homem santo, decerto com o propósito de fazer o bem... W. W. Jacobs sabia do risco de realizar desejos quando concebeu este clássico do terror sobrenatural.

I

Lá fora a noite estava fria e chuvosa, mas na saleta da mansão Laburnam as venezianas estavam fechadas e o fogo brilhava. Pai e filho jogavam xadrez. O primeiro, cujas ideias sobre o jogo envolviam movimentos radicais, expunha seu rei a perigos tamanhos e tão desnecessários que chegava a provocar comentários da senhora de cabelos brancos que tricotava placidamente diante da lareira.

– Escute o vento – disse a sra. White, que, ao ver um erro fatal quando já era tarde demais, estava gentilmente desejosa de impedir que seu filho o visse.

– Xeque.

– Penso que dificilmente ele virá hoje à noite – disse o pai, com a mão pousada sobre o tabuleiro.

– Mate – replicou o filho.

– Isso é o pior de se viver tão isolado – vociferou o sr. White, com uma súbita e inesperada violência. – De todos os lugares bestiais, lamacentos, fora de mão para se viver, este é o pior. O caminho é um pântano e a estrada uma torrente. Não sei o que os outros pensam. Suponho que, como só duas casas da estrada estão ocupadas, acham que não tem importância.

– Não se aflija, querido – disse a esposa, acalmando-o –, quem sabe você ganha a próxima partida.

O sr. White levantou a cabeça de repente, bem a tempo de interceptar um olhar conivente entre mãe e filho. As palavras morreram em sua boca e ele escondeu um sorriso encabulado na rala barba grisalha.

– Aí está ele – disse Herbert White quando o portão bateu com força e passos pesados avançaram para a porta.

O velho levantou-se com pressa hospitaleira e, ao abrir a porta, mostrou-se condoído com o recém-chegado. O recém-chegado também estava condoído consigo mesmo, de forma que a sra. White fez: – Tsk, tsk! – e tossiu de mansinho quando seu marido entrou na sala, acompanhado por um homem alto e corpulento, graúdo de olhos e vermelho de rosto.

– Sargento-mor Morris – disse ele, apresentando-se.

O sargento-mor cumprimentou e, ao tomar o lugar oferecido junto ao fogo, observou satisfeito enquanto seu anfitrião trazia uísque e copos e colocava uma pequena chaleira de cobre no fogo.

Ao terceiro copo seus olhos ficaram mais brilhantes e ele começou a falar, o pequeno círculo familiar observando com intenso interesse esse visitante de longe, a acomodar os ombros largos na poltrona e discorrer sobre incidentes estranhos, feitos de valentia, guerras, calamidades e povos esquisitos.

– Vinte e um anos nisso – disse o sr. White, balançando a cabeça para a esposa e o filho. – Quando ele foi embora, era só um rapazinho que trabalhava no armazém. Agora, olhem só para ele.

– Ele não parece ter sofrido muito – disse a sra. White, polidamente.

– Eu gostaria de ir à Índia – disse o velho – só para ver um pouco do mundo, sabe.

– Melhor aqui onde está – disse o sargento-mor balançando a cabeça. Baixou o copo vazio, suspirou baixinho e sacudiu a cabeça de novo.

– Eu gostaria de ver aqueles templos antigos, os faquires e malabaristas – disse o velho. – Como era aquilo que você começou a me contar outro dia sobre a mão do macaco ou algo assim, Morris?

– Nada – disse o soldado depressa. – Pelo menos nada que valha a pena ouvir.

– Mão do macaco? – perguntou a sra. White, curiosa.

– Bom, trata-se apenas de algo que se pode chamar de mágica, talvez – disse o sargento-mor, esquivo.

Os três ouvintes inclinaram-se, curiosos. Distraído, o visitante levou aos lábios o copo vazio e baixou-o de novo. O anfitrião o encheu para ele.

– À primeira vista – disse o sargento-mor, remexendo no bolso – é apenas uma patinha comum, mumificada e seca. – Tirou alguma coisa do bolso e mostrou. A sra. White recuou com uma careta, mas seu filho pegou aquilo e examinou com curiosidade.

– E o que tem de especial? – perguntou o sr. White, ao pegar a coisa de seu filho e, depois de examinada, deixá-la em cima da mesa.

– Ela está encantada por um velho faquir – disse o sargento-mor –, um homem santo. Ele queria provar que a vida das pessoas é governada pelo destino, e que quem interfere nele só tem a lamentar depois. Colocou na pata um encantamento de que três homens distintos podem, cada um, fazer a ela três pedidos.

Seus modos eram tão sérios que seus ouvintes perceberam que caía mal rirem com leviandade.

– Bom, por que o senhor não faz os três pedidos, meu senhor? – perguntou Herbert White, com esperteza.

O soldado olhou para ele do jeito que alguém de meia-idade costuma olhar para um jovem insolente.

– Eu fiz – ele respondeu tranquilamente, e seu rosto corado empalideceu.

– E realmente seus três pedidos foram realizados? – perguntou a sra. White.

– Foram – respondeu o sargento-mor, e o copo bateu contra seus dentes fortes.

– E alguém mais fez pedidos? – inquiriu a senhora.

– O primeiro homem teve seus três pedidos atendidos, sim – foi a resposta. – Não sei quais foram os dois primeiros, mas o terceiro foi a morte. Foi assim que eu recebi a pata.

Seu tom era tão grave que baixou um silêncio sobre o grupo.

– Se recebeu seus três pedidos, ela não tem mais serventia para você então, Morris – disse o velho, por fim. – Por que guardar isso?

O soldado sacudiu a cabeça.

– Capricho, talvez – disse, devagar.

– Se pudesse fazer outros três desejos – disse o velho, olhando intensamente para ele –, você faria?

– Não sei – respondeu o outro. – Não sei. – Pegou a mão, balançou-a entre o polegar e o indicador e de repente atirou-a ao fogo.

White, com um pequeno grito, curvou-se e retirou-a.

– Melhor deixar que queime – disse o soldado, solene.

– Se não quer a mão, Morris – disse o velho –, dê para mim.

– Não dou – disse seu amigo com firmeza. – Eu joguei isso no fogo. Se ficar com ela, não me responsabilize pelo que acontecer. Jogue no fogo outra vez, seja um homem sensato.

O outro sacudiu a cabeça e examinou de perto sua nova posse.

– Como é que se faz? – ele perguntou.

– Segure com a mão direita e faça os pedidos em voz alta – disse o sargento-mor –, mas cuidado com as consequências.

– Parece coisa das *Mil e uma noites* – disse a sra. White ao se levantar para começar os preparativos do jantar. – Não acha que devia pedir quatro pares de mãos para mim?

O marido tirou do bolso o talismã e então os três caíram na risada enquanto o sargento-mor, com um ar de alarme no rosto, o pegou pelo braço.

– Se vai fazer um pedido – disse bruscamente –, peça alguma coisa razoável.

O sr. White guardou-a de novo no bolso e, ajeitando as cadeiras, levou seu amigo à mesa. Ocupados com o jantar, o talismã foi em parte esquecido e depois os três sentaram a ouvir fascinados a segunda parte das aventuras do soldado na Índia.

– Se a história da mão do macaco for tão verdadeira quanto essas que ele nos contou – disse Herbert quando a porta se fechou à saída do convidado, bem a tempo de ele pegar o último trem –, não temos muito a esperar dela.

– Deu a ele alguma coisa pela mão, pai? – perguntou a sra. White, olhando atentamente o marido.

– Uma bobagem – disse ele, corando ligeiramente. – Ele não queria, mas fiz com que aceitasse. E ele insistiu comigo de novo para jogar isso fora.

– Claro – disse Herbert, com fingido horror. – Ora, nós vamos ser ricos, famosos e felizes. Deseje ser imperador, pai, para começar; assim não vai mais ser dominado pela mulher.

Ele correu em volta da mesa, perseguido por uma maligna sra. White, armada com um protetor de encosto de sofá.

O sr. White tirou do bolso a pata e olhou para ela, incerto.

– Não sei o que desejar, essa é a verdade – disse, devagar. – Parece que tenho tudo o que quero.

– Se tivesse terminado de pagar a casa ficaria bem feliz, não ficaria? – disse Herbert, com a mão em seu ombro. – Então, deseje duzentas libras; acertaria tudo.

O pai, sorrindo envergonhado de sua própria credulidade, ergueu o talismã, enquanto seu filho, com um rosto solene um tanto retorcido por uma piscada à mãe, sentou-se ao piano e tocou alguns acordes impressionantes.

– Desejo duzentas libras – disse o velho, com clareza.

Um estrépito do piano foi de encontro a suas palavras, interrompidas por um grito trêmulo do velho. A esposa e o filho correram para ele.

– Ela se mexeu – ele gritou com um olhar de repulsa para o objeto caído no chão. – Quando fiz o pedido, ela se retorceu na minha mão, como uma cobra.

– Bom, não estou vendo o dinheiro – disse o filho, pegando a mão e colocando-a em cima da mesa – e aposto que não vou ver nunca.

– Deve ter sido impressão sua, pai – disse a esposa, olhando ansiosa para ele.

Ele sacudiu a cabeça.

– Não importa, porém. Nada de mal aconteceu, mas me deu um susto mesmo assim.

Sentaram-se de novo diante da lareira enquanto pai e filho terminavam de fumar seus cachimbos. Lá fora, o vento soprava mais forte que nunca e o velho sobressaltou-se, nervoso, com o ruído de uma porta a bater no andar de cima. Um silêncio fora do normal, depressivo, baixou sobre os três e durou até o velho casal se levantar para retirar-se ao seu quarto.

– Acho que vai encontrar o dinheiro embrulhado num saco no meio de sua cama – disse Herbert, ao lhes dar boa-noite – e alguma coisa horrível acocorada em cima do guarda-roupa espiando enquanto o senhor embolsa seu dinheiro ganho de forma indecente.

Herbert ficou sentado sozinho no escuro, olhando o fogo que morria e vendo rostos nele. O último rosto era tão horrível, tão simiesco, que o rapaz o observou com surpresa. Ficou tão vivo que, com um riso um tanto inquieto, ele tateou em cima da mesa em busca de um copo de água para jogar em cima dele. Sua mão agarrou a pata do macaco e com um ligeiro arrepio ele limpou a mão no casaco e subiu para dormir.

II

Na claridade do sol invernal que batia sobre a mesa do café na manhã seguinte, Herbert riu de seus temores. Havia um ar de saudável normalidade na sala, que estivera ausente na noite anterior, e a pata suja e enrugada foi jogada no aparador com um descuido que revelava pouca crença em suas virtudes.

– Acho que todos os velhos soldados são iguais – disse a sra. White. – Que ideia darmos ouvidos a essa bobagem! Como podem desejos desse tipo se realizar hoje em dia? E, mesmo que se realizassem, que mal duzentas libras poderiam fazer a você, pai?

– Podiam cair do céu em cima da cabeça dele – disse o frívolo Herbert.

– Morris disse que as coisas aconteciam tão naturalmente – disse o pai – que se poderia até, se quisesse, atribuir tudo à coincidência.

– Bom, não tome posse do dinheiro antes de eu voltar – disse Herbert ao se levantar da mesa. – Temo que possa transformar o senhor num homem mesquinho e avarento, e vamos ter de deserdá-lo.

A mãe riu, acompanhou-o até a porta, ficou olhando ele se afastar pela rua, e ao voltar à mesa do café da manhã estava bem alegre à custa da credulidade do marido. Nada disso a impediu de ir até a porta quando o carteiro bateu, nem a impediu de referir-se um tanto brevemente ao sargento-mor aposentado, amigo da bebida, quando descobriu que o correio trazia uma conta de alfaiate.

– Herbert vai fazer alguma outra gozação, eu acho, quando voltar para casa – disse ela ao sentarem para almoçar.

– Creio que sim – disse o sr. White, servindo-se de cerveja –, mas, apesar de tudo, a coisa se mexeu na minha mão. Isso eu posso jurar.

– Você achou que se mexeu – disse a velha, apaziguadora.

– Digo que se mexeu – replicou o outro. – Não fui eu que imaginei, não; mexeu mesmo... Qual é o problema?

A esposa não respondeu nada. Estava observando os misteriosos movimentos de um homem lá fora, que, espiando de jeito indeciso a casa, parecia estar se decidindo a entrar. Numa ligação mental com as duzentas libras, ela notou que o estranho estava bem-vestido e usava um chapéu de seda brilhando de tão novo. Três vezes ele parou no portão e seguiu em frente. Na quarta vez, parou com a mão no trinco e então, com súbita determinação, abriu-o e seguiu pelo caminho de entrada. A sra. White no mesmo momento pôs as mãos para trás, desamarrou depressa o avental e colocou essa útil peça de vestuário debaixo da almofada de sua poltrona.

Ela conduziu o estranho, que parecia pouco à vontade, para dentro da sala. Ele olhou para ela furtivamente e ouviu com ar preocupado a velha senhora se desculpar pela aparência da sala, e pelo casaco do marido, roupa geralmente reservada para o jardim. Ela então esperou com a paciência própria das mulheres que o homem revelasse a que vinha, mas ele ficou de início estranhamente silencioso.

– Eu... pediram que eu viesse – disse, afinal, e parou para pegar um fiapo de linha da calça. – Venho em nome da Maw e Meggins.

A velha sobressaltou-se.

– Algum problema? – perguntou, sufocada. – Aconteceu alguma coisa com Herbert? O que foi? O que foi?

O marido se interpôs.

– Calma, calma, mãe – ele apressou-se a dizer. – Sente aqui e não tire conclusões apressadas. O senhor não traz más notícias, tenho certeza – e olhou o outro, preocupado.

– Sinto muito... – começou a dizer o visitante.

– Ele está ferido? – perguntou a mãe.

O visitante fez com a cabeça que sim.

– Seriamente ferido – disse, baixo –, mas já deixou de sofrer.

– Ah, graças a Deus! – disse a velha senhora, juntando as mãos. – Graças a Deus por isso! Graças...

A sra. White se interrompeu de repente quando o sinistro sentido da frase caiu sobre ela e constatou a terrível confirmação de seus temores no rosto do outro, que o desviou. Ela prendeu a respiração, virou-se para o marido, que nada tinha entendido ainda, e pousou a mão trêmula sobre a dele. Houve um longo silêncio.

– Ficou preso nas engrenagens da máquina – disse o visitante, por fim, em voz baixa.

– Preso nas engrenagens da máquina – repetiu o sr. White, tonto. – Sei.

Ficou sentado olhando sem expressão para a janela e, tomando a mão de sua esposa entre as suas, apertou-a como costumava fazer nos velhos dias de namoro, quase quarenta anos antes.

– Ele era o único que nos restava – disse o pai, voltando-se delicadamente para o visitante. – É duro.

O outro tossiu, levantou-se, foi devagar até a janela.

– A firma solicitou que eu comunicasse os sinceros pêsames por sua grande perda – disse ele, sem olhar em torno. – Peço que compreenda que sou apenas um funcionário e meramente obedeço ordens.

Não houve resposta; o rosto da velha senhora estava branco, os olhos arregalados, a respiração inaudível; no rosto de seu marido havia uma expressão tal qual seu amigo, o sargento, devia possuir quando entrou pela primeira vez em ação.

– Devo dizer que a Maw e Meggins se isenta de qualquer responsabilidade – continuou o outro. – Não vão admitir nenhuma obrigação, mas em consideração pelos serviços prestados por seu filho gostariam que aceitassem uma determinada soma como indenização.

O sr. White deixou cair a mão da esposa, pôs-se de pé e olhou com ar de horror para o seu visitante. Seus lábios ressecados formaram as palavras:

– Quanto?

– Duzentas libras – foi a resposta.

Sem se dar conta do grito da mulher, o velho deu um tênue sorriso, estendeu as mãos como um homem cego e caiu ao chão, um farrapo inconsciente.

III

No imenso cemitério novo, a uns três quilômetros de distância, os velhos enterraram seu morto e voltaram para uma casa mergulhada em sombra e silêncio. Foi tudo tão rápido que de início eles mal se deram conta e ficaram em um estado de expectativa como se alguma outra coisa estivesse para acontecer, alguma outra coisa que tirasse aquele peso, excessivo para dois corações velhos.

Mas os dias passaram e a expectativa deu lugar à resignação, a desesperançada resignação dos velhos, às vezes chamada erroneamente de apatia. Eles mal trocavam uma palavra, porque agora não tinham sobre o que conversar, e seus dias eram longos e cansativos.

Foi cerca de uma semana depois que o velho, ao acordar subitamente durante a noite, estendeu a mão e viu-se sozinho. O quarto estava escuro e da janela vinha um som abafado de choro. Ele se levantou da cama e escutou.

– Volte – disse com ternura. – Está muito frio.

– Mais frio está para meu filho – disse a velha, e chorou mais.

O som de seus soluços morreu em seus ouvidos. A cama estava quente, seus olhos pesados de sono. Ele cochilou e depois dormiu até um repentino grito de sua esposa acordá-lo com um susto.

— A mão! — ela gritou, enlouquecida. — A mão do macaco!

Ele se levantou alarmado.

— Onde? Onde está? O que aconteceu?

Ela atravessou o quarto cambaleante até ele.

— Quero a mão — disse, baixinho. — Você não destruiu aquilo?

— Está na saleta, no aparador — ele replicou, assombrado. — Por quê?

Ela gritou e riu ao mesmo tempo, curvou-se e beijou-o no rosto.

— Acabei de pensar nisso — disse, histérica. — Por que não pensei nisso antes? Por que você não pensou?

— Pensar em quê? — ele perguntou.

— Os outros dois pedidos — ela replicou depressa. — Nós só fizemos um.

— E não bastou? — ele perguntou, ferozmente.

— Não — gritou ela triunfante —, vamos fazer mais um. Desça, pegue depressa a mão e deseje que nosso menino esteja vivo.

O homem sentou-se na cama e bruscamente afastou as cobertas de suas pernas trêmulas.

— Meu Deus, você enlouqueceu! — ele gritou, horrorizado.

— Pegue — ela pediu, ofegante —, pegue depressa, e deseje... Ah, meu filho, meu filho!

O marido riscou um fósforo e acendeu a vela.

— Volte para a cama — disse ele, incerto. — Não sei do que você está falando.

— Tivemos o primeiro desejo realizado — disse a velha, fervorosa. — Por que não o segundo?

– Uma coincidência – gaguejou o velho.

– Vá pegar a mão e deseje – gritou a velha, tremendo de excitação.

O velho virou, olhou para ela e sua voz tremeu.

– Ele está morto há dez dias e além disso... Eu não queria contar para você, mas... só reconheci nosso filho pela roupa. Se era terrível demais de se olhar naquele momento, como será agora?

– Traga ele de volta – gritou a mulher e arrastou-o para a porta. – Acha que vou ter medo do filho que amamentei?

Ele desceu no escuro, tateou o caminho até a saleta e foi ao aparador. O talismã estava em seu lugar e o homem foi dominado por um medo horrível de que o desejo não pronunciado pudesse trazer seu filho mutilado diante dele antes que pudesse escapar da sala. Prendeu a respiração ao descobrir que tinha perdido o rumo da porta. Com a testa fria de suor, tateou em torno da mesa e seguiu apoiado na parede até se encontrar na pequena passagem com a coisa repulsiva na mão.

Até mesmo o rosto de sua esposa parecia mudado quando entrou no quarto. Estava branco e cheio de expectativa, e no seu pavor viu nele um aspecto sobrenatural. Sentiu medo dela.

– Faça o pedido! – ela gritou com voz forte.

– É insensato, é perverso – ele gaguejou.

– Faça o pedido! – repetiu a mulher.

Ele ergueu a mão com a pata do macaco.

– Desejo que meu filho esteja vivo de novo.

O talismã caiu ao chão e ele olhou para aquilo cheio de temor. Então, afundou tremendo numa poltrona enquanto a velha senhora, com olhos ardentes, ia até a janela e abria as persianas.

Ele permaneceu sentado até ficar gelado, olhando de vez em quando a figura da esposa a espiar pela janela. O resto

da vela, que tinha queimado até abaixo da borda do candelabro de louça, lançava sombras trêmulas no teto e nas paredes, até que, com um cintilar mais forte que os anteriores, expirou. O velho, com uma sensação indizível de alívio pelo fracasso do talismã, arrastou-se de volta para a cama, e alguns minutos depois a velha veio silenciosa e apática para o lado dele.

Nenhum dos dois falou, ambos ficaram em silêncio escutando o tique-taque do relógio. Um degrau da escada estalou, um camundongo guinchou e correu ruidosamente junto à parede. O escuro era opressivo e, depois de ficar deitado algum tempo, lutando por sua coragem, o marido pegou uma caixa de fósforos, riscou um e desceu em busca de uma vela.

Ao pé da escada o fósforo se apagou e ele parou para riscar outro. Nesse mesmo instante uma batida, tão suave e furtiva a ponto de ser quase inaudível, soou na porta da frente.

Os fósforos caíram de sua mão. Ele ficou imóvel, a respiração suspensa até a batida se repetir. Então virou-se, fugiu depressa para o quarto e fechou a porta. Uma terceira batida soou pela casa.

– Que foi isso? – gritou a velha, sobressaltada.

– Um rato – disse o velho, a voz trêmula –, um rato. Ele passou por mim na escada.

A esposa sentou-se na cama para ouvir. Uma forte batida ressoou pela casa.

– É o Herbert! – ela gritou. – É o Herbert!

Ela correu para a porta, mas seu marido pôs-se diante dela, pegou-a pelo braço e segurou-a com força.

– O que você vai fazer? – ele sussurrou, rouco.

– É o meu menino. É o Herbert! – ela gritou, se debatendo. – Esqueci que ele estava a três quilômetros. Por que está me segurando? Solte-me. Tenho de abrir a porta.

– Pelo amor de Deus, não deixe ele entrar – gritou o homem tremendo.

– Tem medo de seu próprio filho? – ela gritou, tentando se livrar do marido. – Solte-me. Estou indo, Herbert. Estou indo.

Houve outra batida, e outra. Com um súbito repelão, a velha senhora soltou-se e saiu correndo do quarto. O marido foi atrás dela até o patamar da escada e chamou-a suplicante enquanto ela descia depressa. Ele ouviu a corrente bater e a tranca de baixo deslizar devagar e rígida na fenda. Então a voz da velha, nervosa, ofegante:

– A tranca – ela gritou alto. – Desça. Não consigo alcançar.

Mas o marido estava de quatro no chão procurando loucamente pela mão do macaco. Se conseguisse encontrá-la antes que a coisa lá fora entrasse... Uma saraivada de batidas reverberou pela casa e ele ouviu o arrastar de uma cadeira que sua mulher colocava na passagem, junto à porta. Ouviu o guinchar da trava se abrindo devagar e naquele exato instante encontrou a mão do macaco e sussurrou freneticamente seu terceiro e último desejo.

As batidas cessaram de repente, embora seu eco ainda vibrasse na casa. Ele ouviu a cadeira arrastar-se de novo e a porta se abrir. Um vento frio soprou escada acima e um longo e alto gemido de decepção e tristeza de sua mulher lhe deu coragem para correr para o lado dela, e depois até o portão. A luz do poste tremulava do outro lado sobre uma rua deserta e sossegada.

Tradução de José Rubens Siqueira

W. W. Jacobs

nasceu e morreu em Londres (1863-1943). W. W., ou Willian Wymark, tinha como tema predileto a vida marinha. Daí ter escrito inúmeros contos bem-humorados tendo como personagens estivadores, marinheiros e pescadores. Embora a maioria de suas criações se caracterize pelo humor, veio a se consagrar com seus contos de terror.
O conto "A mão do macaco" foi publicado originalmente em 1902.

Por que matei o violinista
Ernani Fornari

Um incêndio num teatro põe fim à carreira de um violinista absolutamente genial. O fogo poupa sua vida, mas destrói seus instrumentos de criação musical: suas mãos. Privado de seu poder de criar beleza, essa criatura disforme, sem braços, está condenada ao inferno. Mas existe um responsável por seu tormento: o escritor que criou o personagem do divino violinista. E que também inventou o maldito incêndio, destruindo outras vidas... e descrevendo com prazer o desastre espetacular. Você acredita que um criador tem responsabilidade sobre o destino de suas criaturas? Para o escritor Ernani Fornari, essa questão só tem uma resposta.

45

Antes de mais nada, devo explicar por que motivo escrevi o "Sem aplausos", conto hoje tão famoso e já traduzido em mais de dez idiomas, a despeito (segundo lamentou um lamentável crítico norueguês) do fim trágico e desumano que dei à personagem central.

A história da origem desse conto é a seguinte:

Na mesma noite em que se verificava, em Chicago, o espantoso incêndio – quase digo espaventoso! – de um de seus maiores teatros (se não me falha a memória, o Michigan Theatre), no qual morreram mil setecentas e oitenta e três pessoas – vamos! um recorde em matéria de carbonização coletiva! –, recebia eu daquela cidade um cabograma[1] bastante singular. Calcule-se isto: importantíssima companhia de seguros gerais, a General Insurance Company of Chicago, encomendava-me, com toda a urgência, um conto literário, "meio realista e meio romântico", que deveria ter por tema um incêndio num teatro.

Ora, tratando-se de empresa norte-americana, e de seguros, tão extravagante incumbência tinha, percebe-se logo, um único escopo: aproveitar o lutuoso acontecimento nacional – esses práticos americanos! – para uma intensa propaganda da referida companhia seguradora.

Relutei um pouco, no entanto, em satisfazer a solicitação da General Insurance, embora, está-se a ver, me desvanecesse e honrasse sobremaneira o haver meu nome, entre o de milhares de escritores de renome, sido lembrado e escolhido para tal tarefa. Minha relutância era ditada não só por escrúpulo sentimental, muito natural, aliás, em se tratando de um brasileiro como eu, mas ainda por desagradar-me francamente fazer obras de empreitada.

---

1 Telegrama transmitido por cabo submarino. *(N.E.)*

Sempre entendi que o escritor só deve escrever quando sente a "necessidade fisiológica" de escrever – se me expresso convenientemente.

Convenhamos, porém, que cinco *dollars* por linha não é, por aí, uma dessas ofertas diante das quais os escrúpulos do homem mais sentimental possam resistir por muito tempo. Vai daí então, um dia, decidi-me e escrevi, com rara felicidade – modéstia à parte –, o tal conto que, há já alguns anos, todo o mundo conhece e, ainda hoje, lê com o mais vivo interesse e profunda emoção, apesar de certos erros e incorreções das primeiras edições inglesa e japonesa.

Agora, porém, seja-me permitido dizer que, inicialmente, o meu trabalho era muito diferente desse que corre por esse mundo sensacionalista. Tinha até outro título, quiçá bem mais sugestivo que "Sem aplausos".

Para que se possam bem avaliar as transformações a que está sujeita uma obra de arte, e possam também os leigos na matéria enfronhar-se na sutil metafísica das composições literárias, vou transcrever aqui o aludido conto, tal qual foi originalmente escrito. Isso feito, exporei as razões poderosíssimas que me levaram a matar o formoso e genial violinista – crueldade de que venho sendo tão rudemente acusado por alguns confrades despeitados com a repercussão do meu célebre conto.

Ei-lo, num resumo, em sua forma primitiva:

O "MAL-AGRADECIDO"

O vozerio chiado das mulheres, a parla monótona dos homens; por vezes, o pigarro ruidoso de algum mundano resfriado, e a tosse perra de algum milionário contrabandista e asmático; o zumbido do enxame das galerias; os cheiros promíscuos de carnes "prósperas" e de essências finas, e os jorros feéricos das luzes invadiam o ambiente de preguiça e sonolência boas.

Mãos tenras e transparentes de louras misses abandonavam-se com sedução estudada sobre o mainel do balaústre dos camarotes, cujo revestimento de veludo vermelho dava realces macabros à alvura daquelas estranhas florações. Estofadas e graves matronas, que haviam comparecido ao concerto unicamente para exibir seu último Patou[2], investigavam, de luneta em punho, o "mau gosto" dos vestidos das outras mulheres e a autenticidade das joias que enchiam a plateia de estilhaços e centelhas inquietas.

Embaixo, alguns homens encasacados e carecas, a quem irritavam o atrito dos tafetás e aquele zum-zum de coletividade, retiravam-se para os corredores, pletóricos e desconfiados com as galerias. Em cima – estudantes e operários, irreverentes e brutais, jogavam chalaças aos "homens" daquelas mulheres tão ricas, tão lindas e, sobretudo, tão distantes.

Na rua – a chuva espelhava o asfalto das avenidas movimentadas e barulhentas.

A campainha deu o último sinal. Os que ainda fumavam e discutiam, nos corredores, abandonaram o cigarro e entraram precipitadamente a tomar os lugares.

Com os olhos fincados no infinito, dava o artista a impressão de que tocava para um público invisível. Divino prestidigitador de sons, arrancava do violino, com a vara mágica do arco, cabalisticamente, para jogá-los dentro das almas – fogos de artifício e abismos vertiginosos, cristais partidos e uvas machucadas, num deslumbramento que se fazia delírio e embriaguez.

---

2   Jean Patou: estilista francês (1880-1936), foi um dos maiores criadores de moda do século XX. *(N.E.)*

Por vezes, seus dedos longos e nervosos, tomados de delirium tremens[3], *cabriolavam sobre o braço do instrumento, como se fossem diabos assanhados de dor sobre o chão esbraseado da Cidade dolorosa. Outras vezes, tocava em tantas cordas ao mesmo tempo, faziam-se seus dedos tão suaves, tão suplicantes e evocativos, que parecia estar seu arco, lá fora, a correr sobre os fios de água com que a chuva encordoava a noite.*

Sempre, porém, aquela sensação de arrebatamento e angústia, como se todo o teatro, sentado num balanço enorme, a cortar o espaço num vaivém ansioso, estivesse suspenso no último andar do arranha-céu mais alto de Chicago.

De súbito – que é isso?! – gritos abafados, passos em correrias, rumores de móveis arrastados, e rac-rac de papéis machucados, vieram sobressaltar o auditório.

Que é isso?!

Levantaram-se todos a um tempo, com curiosidade espavorida. Foi um minuto de cem anos. O violino silenciou, num staccato[4], *aumentando a confusão. Era como se aquele instrumento, calando-se tão rapidamente, desprotegesse a toda aquela gente. Os espectadores, de pé, burburinhando, numa bisbilhotice medrosa de quem espera saber, sem querer ver, procuravam a causa do tumulto que eles mesmos, já agora, provocavam.*

– Ai!

– Meu Deus!

E o negrinho indicador – que orgulho tinha o pobrezinho de sua libré vermelha! –, precipitado dos balcões abaixo, tomba ao

---

3　Em latim, delírio acompanhado de tremor dos membros, peculiar aos alcoólicos. *(N.E.)*

4　Em italiano, execução de notas muito curtas em que uma é nitidamente separada das outras. *(N.E.)*

comprido sobre o gume dos espaldares e resvala para o chão, molengo e estrebuchante, perto de uma dama, que desmaia. Quase ao mesmo tempo, a goela escancarada do palco vomita sobre a multidão histérica uma baforada de fumo.

Era a resposta.

Imediatamente, chamas dançatrizes, aos requebros, numa coreia acrobática e desengonçada, a trepar pelos cenários, bastidores e bambinelas, invadem a cena para representar a verdadeira Dança do fogo. O palco lança à plateia línguas enormes de labaredas, num crepitar satisfeito, como se fosse a bocarra de um dragão wagneriano[5] a estalar gulosamente os beiços.

Gritos e gemidos, choros e clamores de mulheres e de homens desvairados ou esmagados pela chuva em turba em fuga; fragores por toda a parte de quedas de caibros[6], portas e colunatas; estrépitos de gente a atirar-se das frisas e dos camarotes; metralhar de lâmpadas elétricas a estourar na ribalta e nas gambiarras[7] – ecoavam tetricamente pela abóbada azul do velho teatro.

A acústica aumentava o terror-pânico dando ao menor ruído intensidades cósmicas de elementos em fúria. As saídas eram poucas para tanta gente – e queriam todos passar ao mesmo tempo.

Matavam-se para não morrerem.

O artista, ante aquele espetáculo de fogo e de lamentos, embebedou-se de horror.

Abraçado ao violino, açoitado pelas chamas, apedrejado pelas fagulhas, quedou-se, estuporado, bobo, grudado ao soalho, duro e parado como a estátua de sal da legenda bíblica, enquanto a

---

5 Relativo a Richard Wagner (1813-1883), compositor alemão, considerado um dos maiores gênios da música. *(N.E.)*

6 Peça de madeira usada para sustentação do telhado. *(N.E.)*

7 Ribalta e gambiarra são conjuntos de lâmpadas usados no teatro. A ribalta fica na parte dianteira do palco; a gambiarra, no teto. *(N.E.)*

fumaça, cada vez mais espessa, apertava-lhe a garganta com seus moles dedos de gás carbônico, asfixiando-o. Quando, com esforços sobre-humanos, conseguiu mover-se, já era tarde.

E lá ficou ele, estirado junto da escada de que tombara. Um círculo de fogo estreitava o cerco à sua volta, apertando-o num grilhão de labaredas.

Sobre o leito número 3, imóvel, inchado de ataduras, jazia um monstro todo branco, malfeito boneco de algodão e gaze.

E, naquele instante, ele descerrou os olhos, como quem desperta de um sono igual ao de Lázaro[8].

Silêncio absoluto.

Pelos orifícios da ligadura, fixou os olhos para o que lhe estava à frente: deitado numa cama, perto da janela, um homem todo enfaixado abria e fechava a boca, gemendo – gemido que ele não ouvia! Incrédulo, olhou novamente: mais além, sempre em frente, também num leito de ferro, um rapaz barbado, magro, cor de vela de promessa, enxotava, com uma coisa que tanto podia ser um braço como um bambu, as moscas que, pressentindo cheiro de decomposição, lhe pousavam sobre a face cadaverizada.

Que estranho lhe parecia tudo aquilo! Que casa era aquela? Por que aquela quietude tumular no meio de tanta gente que parecia sofrer e gemer?

E ficou-se a considerar, olhos no teto, abstratamente.

De repente, adivinhando a sua grande tragédia, tentou mover-se. Não o conseguiu: uma dor dilacerante gritou-lhe o "não pode!" que paralisa o gesto.

Foi então que se lembrou de tudo.

De tudo mesmo?

Olhou-se, devagar, quase a medo, ainda com um resto de esperança de que a realidade lhe dissesse que tudo aquilo de que estava se lembrando não passara de um sonho agoniante e mau. E eis que se surpreende naquele estado absurdo e ridículo, enrolado, como uma múmia preciosa, num sudário de algodão hidrófilo. Quis então apalpar-se. Mas como? Se já não tinha... se já não tinha...

---

8   Lázaro de Betânia, personagem bíblico que, depois de estar morto por quatro dias, teria sido ressuscitado por Jesus Cristo. (N.E.)

E o rugido que lhe explodiu na alma, toda concentrada na garganta, foi a sanção de sua irremediável desgraça. Pôs-se a gritar desatinadamente, a olhar para todos os lados:

– Onde estão os meus braços?! Onde estão os meus braços?! Ah, aleijado!

O enfermeiro correu imediatamente para ele, ajudando-o a recostar-se no travesseiro.

– Que é que está sentindo? Machucou-se?

E o pranto brotou-lhe do coração bom como as searas, convulsivamente. De uma coisa somente lembrava-se ele agora: nunca mais poderia tocar. Nunca mais! Nunca mais sentiria ecoar em seu cérebro e tombar dentro do coração, em troca das sementes de Beleza que espalhava pelo mundo, o tempestuoso rebramir dos "bravos" e a chuva dessedentante das palmas – ventania que, dando ondulações de mar a seu trigal de ouro, espalhava o pólen de novas fecundações; linfa[9] que, mitigando o tantalismo[10] de seu sonho de perfeição, era a verdadeira seiva de sua arte interpretativa.

Esquecido das dores que lhe queimavam a carne, da sede viva que lhe escaldava a boca, deixou pender a cabeça sobre os pensamentos – porque sobre o peito não podia. E seus pensamentos eram como caudas de cometas, que por onde passam destroem tudo: ter que continuar a viver! Ter que tornar a andar pela terra! Andar? Não! Arrastar-se, rastejar, como um réptil asqueroso e feio, por este mesmo mundo que o vira sobrevoar, divino e belo, de triunfo em triunfo, impotente, agora, na plenitude da sensibilidade, quebradas em pleno voo suas asas de Glória, trazendo acorrentada ao corpo inútil uma

---

9 Água. *(N.E.)*

10 Referente a Tântalo, rei da mitologia grega, que ao tentar ludibriar os deuses é condenado a viver com sede e fome, mesmo diante de água e comida. Por extensão significa nunca alcançar algo desejado, ainda que ele esteja muito próximo. *(N.E.)*

alma surda e muda aos chamamentos de si mesma! Sentir a música interior vibrando, e não ter meios de expressão para ela! Ouvir aplausos glorificando outros menos capazes que ele, e não poder exclamar: "Eu sei tocar melhor!". Ouvir aclamações vitoriando outros tão grandes e tão artistas como ele, e não poder gritar: "Eu sei tocar assim!". E nem ao menos ter uma só mão para agarrar-se à morte. Por que não o haviam deixado morrer entre os escombros do teatro, confundidas as suas cinzas com as de seu violino?

E as lágrimas iam-lhe umedecendo, a pouco e pouco, as gazes.

Nesse instante, viu vagamente, como quem olha através de um aquário de cristal, o vulto de alguém junto de sua cama. Viu, sem compreender, o enfermeiro afastar-se apressadamente, depois de haver dito qualquer coisa ao vulto, que se aproximava cada vez mais.

Era um bombeiro alto, grisalho, cara rosada a estampar comoção. O bombeiro disse-lhe qualquer coisa carinhosa, que o violinista não pôde ouvir.

Ele, porém, não precisava ouvir – adivinhava tudo.

– Foi o senhor que me salvou, não foi? – perguntou, a voz sumida, como se ela rompesse das profundidades de uma caverna. – Veio ver como está passando o monstro, não é?

O bombeiro, com os olhos marejados de lágrimas, sacudiu a cabeça, confirmando por confirmar. Através dos buracos das ligaduras, os olhos do artista fuzilaram como dois infernos. Que raiva lhe deu aquele homem de faces lisas, de aspecto saudável e, sobretudo, com as duas mãos intactas!

– Escute – tornou, com voz débil. – Chegue-se mais, que quero agradecer-lhe.

O homem acercou-se da cabeceira do leito e inclinou bem o rosto sobre os lábios do desgraçado, a fim de ouvi-lo melhor.

Inopinadamente, num esforço violento, munindo-se de toda a energia de que era ainda capaz seu físico combalido, o violinista arrancou das profundidades pulmonares um estalo seco e, com a boca cheia, cuspiu bem na cara de seu salvador.
— *Toma, bandido!* — *urrou.* — *Era o que tu merecias!*

Esse era o conto.
Como se vê, muito diferente e bem menor que o atual. Agora, porém, vem a parte pungente e extraordinária desta *amende honorable*[11]:
Mal eu terminara de reler as laudas já escritas, e, fatigado, pousava a caneta sobre a escrivaninha, quando ouço passos no corredor. Como minha velha governanta tinha o hábito de levantar-se, às vezes, alta madrugada, para trazer-me à biblioteca uma chávena de chocolate, pensei que deveria ser ela. Esperei.
Bateram à porta, fortemente. Pela violência, devia ter sido com o pé. Surpreso, exclamei:
— Entre!
— Não posso abrir a porta — retrucou uma voz desconhecida de homem, voz de entonação estranha, rouca.
Um homem, àquela hora tardia, dentro de minha casa? Levantei-me de um salto. Abri a gaveta, tirei o revólver, empunhei-o e, sorrateiramente, pé ante pé (não fosse artimanha de algum ladrão!), fui até a porta e escancarei-a de chofre.
Fiquei, porém, interditado de susto. Diante de mim avultou, como uma aparição fantasmal, um espectro horrendo, uma "coisa" que de humana tinha apenas a forma do

---

11 Em francês, retratação, reparo de equívoco cometido, pedido de desculpa. *(N.E.)*

tronco. Sem braços, trazia, no lugar da cabeça, um embrulho amarfanhado de carne, ouriçada, aqui e ali, de tufos de cabelos ruivos e duros. A cara, transformada numa massa informe, qual se houvessem atirado nela um punhado de polme[12] esverdeado e gosmento, assemelhava um busto de argila ainda por modelar, plástica e úmida.

Recuei, apavorado.

O fantasma entrou na biblioteca, a arrastar os pés, chaplinescamente[13] trágico. Aproximou-se bem do quebra-luz e, voltando-se para mim, bradou a chorar:

– Contemple-me! Olhe-me bem e goze a sua obra! Veja o que sua crueldade fez de mim, veja – um ridículo aleijão humano!... Eu, que era o encanto das mulheres e dos pássaros, serei, de hoje em diante, o espantalho até das crianças. Por simples capricho estético, sua impiedade joga-me vivo num mundo que me queria tanto, e que, agora, fugirá de mim, horrorizado. Julgou talvez que seria desumano matar-me, não é? E por quê?... Então não compreende que a vida para mim, já agora, é mil vezes pior do que a morte, porque é fazer-me morrer e ressuscitar sessenta vezes por minuto? Por que consentiu que me salvassem? Diga! Por que fez isso, senhor? Por quê? – E dos buracos dos olhos tombavam lágrimas grossas como glicerina.

– Mas eu...

– Sei o que vai dizer. A técnica, as injunções da forma, não é assim? Mas sua vaidade implacável de autor cruel esquece, em benefício de sua criação artística, o que será da vida de sua criatura. Que lhe importa uma vida, não é mesmo? Sim, que lhe importa que alguém sofra por sua

12 Massa mole e disforme. *(N.E.)*

13 Relativo ao ator inglês Charles Chaplin (1889-1977), mais precisamente a seu famoso personagem do cinema mudo, Carlitos, que possuía um modo peculiar e desengonçado de andar. *(N.E.)*

culpa, se o senhor consegue obter, com essa vida e com esse sofrimento, um miserável efeito literário?... Bárbaro que é! Acaso já pensou no destino miserável que me espera lá fora? Eu, um dos maiores artistas de meu tempo, de pires de lata à boca, à porta dos cafés, vivendo da comiseração rueira, vivendo mais da grandeza do que fui que do farrapo imundo que hoje sou, a esmolar em nome de meu passado esplendor! Veja – e soluçava –, veja o seu violinista célebre, acabando, para não morrer de fome, grotesco fenômeno de circo, a cabeça enfiada num capuz, para que a sua cara não repugne os espectadores, pintando e escrevendo com os pés, com os pés desarrolhando garrafas, preparando omeletes e comendo-as em cena, para a basbaquice das plateias plebeias. Com os pés! – eu que trazia nas mãos, para transmiti-la aos homens, toda a emoção musical das esferas celestes! – E caiu de joelhos, suplicando-me: – Mate-me, senhor! Por piedade! Não me deixe assim na terra, senhor! Não posso viver sem aquelas mãos em que eu carregava o universo da minha arte! Mate-me, pelo amor de Deus!

Não sei, em verdade, quanto tempo durou essa dolorosa entrevista com minha personagem, nem o que ela disse mais. Recordo-me apenas que, quando eu quis falar, ela já havia desaparecido, a porta de meu gabinete estava novamente cerrada, e eu, de caneta na mão, nervoso, reformava integralmente o meu conto, que, como é sabido de todos, termina desta maneira dramática:

"E o violinista, levando a mão à cabeça (é oportuno relembrar que, no "Sem aplausos", o violinista perde somente uma das mãos), pegou das ligaduras todas e, com repelão feroz, arrancou o penso, as ataduras que lhe envolviam o busto, cravou com gana os dedos crispados no rosto em chaga viva, e raspou, raspou até encontrar a alma e puxá-la por ali, e libertá-la para sempre".

🦇 🦇 🦇

O mais interessante, porém, é que, dois dias após haver enviado para Chicago, pela Western, o referido conto, recebia eu da General Insurance outro cabograma em que ela me consultava sobre a possibilidade de eu, reformando o final do "Sem aplausos", fazer com que o violinista sobrevivesse ao incêndio, para que – esses práticos americanos! – também ele "pudesse gozar das vantagens de um seguro contra acidentes".

Revoltou-me tanto prosaísmo, e, inflexível em meus princípios estéticos, respondi, desabrido:

"Arte é arte. Violinista morto. Impossível ressuscitá-lo. Saudações".

Ernani Fornari

era natural de Rio Grande-RS (1899) e faleceu no Rio de Janeiro (1964). De infância pobre, teve inúmeras ocupações modestas, até ingressar na imprensa escrita e exercer funções públicas, tanto no Rio Grande do Sul como no Rio de Janeiro. Além de excelente contista, destacou-se como romancista, poeta e autor de peças teatrais.
O conto "Por que matei o violinista" foi publicado em *Guerra das fechaduras* (1931).

O barril de Amontillado
Edgar Allan Poe

Que tipo de homem é capaz de confessar friamente que queria matar outro para vingar-se de uma ofensa? E que conta passo a passo a cilada que armou para consumar seu propósito? Diz um provérbio italiano que a vingança é um prato que se come frio, mas o desfecho do drama se dá no calor da festa: no Carnaval de Veneza. Mascarado de folião, o carrasco conduz sua vítima, fantasiada de bobo da corte, à gélida catacumba que serve tanto de adega para vinhos valiosos como de depósito para ossadas humanas. Nesse trajeto, o leitor avança junto: dentro da mente de um criminoso insano. Mestre do mistério e do suspense, Edgar Allan Poe mostra seu domínio do ofício nesta história angustiosa.

As mil ofensas de Fortunato eu aguentei o melhor que pude, mas quando ele resolveu insultar-me jurei vingança. Você, que conhece tão bem a natureza de minha alma, não vai pensar, no entanto, que cheguei a fazer ameaças. Um dia eu haveria de me vingar; isso estava decidido, e justamente por ser coisa decidida não admitia a ideia de risco. Eu não só tinha de castigar, mas castigar sem ser castigado. Qualquer ofensa fica sem troco se a desforra recai no vingador. E fica também sem troco se o vingador não conseguir mostrar que está se vingando para a própria pessoa que fez a ofensa.

Fique, pois, bem entendido que nem em palavras nem em atos dei a Fortunato qualquer razão para duvidar de minha boa vontade. Continuei, como de costume, a sorrir na frente dele, sem deixá-lo perceber que agora eu sorria porque decidira acabar com ele.

Tinha um ponto fraco esse Fortunato, apesar de no resto ser um homem que devia ser respeitado e até mesmo temido. Ele se orgulhava de ser conhecedor de vinhos. Poucos italianos têm o verdadeiro espírito do virtuose. Na grande maioria, o entusiasmo deles é usado segundo o momento e a oportunidade, só para enganar os milionários ingleses e austríacos. Em matéria de pintura e pedras preciosas, Fortunato, tal como seus conterrâneos, era um charlatão; mas em matéria de vinhos antigos era sincero. Nesse assunto eu não era muito diferente dele: também era perito nas safras italianas e comprava bastante, sempre que podia.

Um dia, ao entardecer, durante a suprema loucura do Carnaval, topei com meu amigo. Ele veio falar comigo um pouco animado demais, pois tinha bebido bastante. Estava fantasiado: uma roupa listada colante e, na cabeça, um chapéu pontudo com guizos. Fiquei tão contente de encontrá-lo, que meu aperto de mão não o largava mais. E lhe disse:

– Meu caro Fortunato, que felicidade encontrar você. Está com ótima cara hoje! Olhe, recebi um barril do que dizem ser Amontillado, mas tenho as minhas dúvidas.

– Como? – disse ele. – Amontillado? Um barril? Impossível! No meio do Carnaval!

– Tenho as minhas dúvidas – repeti – e fiz a besteira de pagar o preço certo do Amontillado sem te consultar sobre o assunto. Você tinha sumido e fiquei com medo de perder a pechincha.

– Amontillado!

– Tenho as minhas dúvidas.

– Amontillado!

– Preciso confirmar.

– Amontillado!

– Como você está ocupado, estou indo ver o Luchesi. Se tem alguém com senso crítico, esse alguém é ele. Vai poder me dizer se...

– O Luchesi não sabe a diferença entre um Amontillado e um xerez.

– É, mas tem gente que acha que o paladar dele é tão bom quanto o seu.

– Venha, vamos embora.

– Para onde?

– Para a sua adega.

– Não, meu amigo, não. Não quero abusar de sua boa vontade. Estou vendo que você tem compromisso. O Luchesi...

– Não tenho compromisso nenhum. Venha.

– Não, meu amigo, não. Não é o compromisso, é essa sua gripe. Minha adega é insuportável de úmida. As galerias estão cobertas de salitre.

– Vamos assim mesmo. A gripe não é nada. Amontillado! Você foi enganado. E, quanto ao Luchesi, ele não conhece a diferença entre um xerez e um Amontillado.

Assim dizendo, Fortunato me pegou pelo braço. Coloquei uma máscara de seda negra, enrolei-me em minha capa e deixei que ele me arrastasse afobadamente para meu palácio.

Não havia nenhum criado em casa. Fugiram todos para se divertir na festa. Eu lhes tinha dito que só ia voltar de manhã e dei ordem rigorosa para que não saíssem de casa. Eu sabia muito bem que bastava essa ordem para eles desaparecerem assim que eu virasse as costas.

Tirei dos suportes duas tochas, dei uma para Fortunato e atravessei junto com ele várias salas até as arcadas que levavam ao porão. Descemos uma longa escada espiral, e lhe pedi para tomar cuidado ao seguir-me. Finalmente paramos de descer e fomos andando juntos pelo chão úmido das catacumbas dos Montresors.

Os passos de meu amigo não eram lá muito firmes, fazendo tilintar os guizos de seu chapéu.

– O barril? – perguntou ele.

– Está mais para a frente – respondi. – Veja como as teias de aranha brilham nas paredes desta caverna.

Ele virou-se para mim, olhando-me bem nos olhos com suas órbitas opacas de que gotejavam remelas de bebedeira.

– Salitre? – perguntou, finalmente.

– Salitre – respondi. – Há quanto tempo você está com essa tosse?

A tosse dominou-o de tal modo que durante alguns minutos meu pobre amigo não pôde responder.

– Não é nada – conseguiu dizer, afinal.

– Vamos – falei, decidido. – Vamos voltar. Sua saúde é preciosa. Você é rico, respeitado, admirado, amado. Feliz, como eu já fui um dia. É um homem que iria fazer falta. Quanto a mim, não há problema. Se não voltarmos, você ficará doente e eu serei o responsável. Além disso, tem o Luchesi...

— Basta — disse ele. — A tosse não é nada, não vai me matar. Não vou morrer por causa de uma tosse.

— É verdade, é verdade — respondi. — Não era minha intenção causar alarme sem necessidade. Mas você tem de se cuidar. Um gole deste Medoc vai nos proteger dessa umidade.

Então quebrei o gargalo de uma garrafa que retirei de uma longa fileira, todas deitadas sobre uma camada de mofo.

— Beba — eu disse, passando-lhe o vinho.

Ele bebeu da garrafa, olhando-me malicioso. Depois de uma pausa, cumprimentou-me com a cabeça, fazendo tilintar os guizos.

— Bebo — disse ele — pelos mortos que repousam à nossa volta.

— E eu a uma longa vida para você.

Novamente pegou meu braço, e fomos em frente.

— Estas adegas são enormes — disse ele.

— Os Montresors — respondi — são uma grande e numerosa família.

— Esqueci como é o seu escudo de armas.

— Um grande pé humano dourado, sobre campo azul, esmagando uma serpente cujas presas estão cravadas no calcanhar.

— E a divisa?

— *Nemo me impune lacessit.*[1]

— Bonito! — disse ele.

O vinho brilhava nos seus olhos e os guizos tilintavam. Minha imaginação também tinha esquentado com o Medoc. Atravessamos longas muralhas de ossos empilhados, misturados com pipas e barris, até chegar ao ponto mais central das catacumbas. Parei de novo, dessa vez agarrando Fortunato com força pelo braço, acima do cotovelo.

---

1 Em latim, "ninguém me ofende impunemente". *(N.T.)*

– Veja! O salitre vai aumentando. Pendura-se feito musgo das abóbadas. Estamos debaixo do leito do rio. As gotas vão pingando no meio dos ossos. Venha, vamos voltar antes que seja tarde demais. Sua tosse...

– Não é nada – disse ele. – Vamos em frente. Mas, primeiro, mais um gole do Medoc.

Quebrei e dei-lhe um frasco de De Graves, que ele esvaziou de um trago. Seus olhos brilhavam, ferozes. Rindo-se, atirou a garrafa para cima com um gesto que não entendi.

Olhei-o surpreso. Ele repetiu o movimento, um gesto grotesco.

– Não está entendendo? – perguntou.

– Não – respondi.

– Então você não é da irmandade.

– Como é?

– Você não é da maçonaria.

– Sou, sim – respondi –, sou, sim.

– Você? Impossível! Maçom?

– Maçom.

– Mostre um sinal – disse ele.

– Está aqui – respondi, tirando uma colher de pedreiro[2] das dobras de minha capa.

– Está brincando! – exclamou ele, recuando uns passos. – Mas vamos ver esse Amontillado.

– Seja – concordei, tornando a esconder a ferramenta debaixo da capa e dando-lhe o braço outra vez. Apoiando-se com todo o peso em mim, seguimos caminho em busca do Amontillado. Passamos por uma série de arcos baixos, descemos, fomos em frente e, descendo mais ainda, chegamos a uma cripta profunda onde o ar viciado enfraquecia as chamas das tochas, quase apagando-as.

---

2 Vale lembrar que os maçons (forma reduzida de "franco-maçons") também eram chamados de "pedreiros-livres". *(N.E.)*

No canto mais remoto da cripta podia se ver outra, menos espaçosa. Junto das paredes, restos humanos empilhados até a abóbada, como nas grandes catacumbas de Paris. Três lados dessa cripta interna estavam ainda decorados desse jeito. Do quarto lado, os ossos tinham sido derrubados e espalhavam-se pelo chão, formando, em certo ponto, um monte bem alto. Na parede exposta com a retirada dos ossos, via-se um nicho ainda mais interno, com mais ou menos um metro e vinte de profundidade, um de largura e uns dois metros de altura. Não parecia construído para nenhum uso específico, mas resultado simplesmente da separação entre dois dos colossais suportes do teto das catacumbas, tendo como fundo uma das paredes circundantes, de granito maciço.

Não adiantou Fortunato levantar a tocha, tentando espiar lá no fundo do nicho. A luz mortiça não permitia ver até onde ia.

– Vá em frente – eu disse. – O Amontillado está ali dentro. Quanto ao Luchesi...

– Ele é um ignorante – interrompeu meu amigo, tropeçando para a frente, enquanto eu o seguia, grudado nos seus calcanhares. Num instante chegou ao fim do nicho e, sendo impedido de avançar pela rocha, parou, abobalhado e confuso. Um momento mais e eu o teria acorrentado ao granito. Na superfície da pedra havia dois aros de ferro, separados horizontalmente por cerca de meio metro. Um deles trazia uma corrente curta pendurada, o outro um cadeado.

Passando a corrente pela cintura dele, prendi-o em questão de segundos. Ele estava tonto demais para resistir. Tirei a chave e saí do nicho.

– Passe a mão pela parede – disse-lhe. – Dá para sentir bem o salitre. É muito úmido mesmo. Mais uma vez, deixe-me implorar-lhe para voltar. Não? Então, decididamente, vou ter de deixar você aí. Mas antes devo prestar-lhe todas as pequenas gentilezas que estiverem ao meu alcance.

– O Amontillado! – exclamou meu amigo, ainda não recuperado da surpresa.

– É verdade – respondi. – O Amontillado.

Dizendo essas palavras, comecei a remexer na pilha de ossos de que já falei antes. Jogando os ossos de lado, desenterrei uma quantidade de pedras para construção, além de argamassa. Com esse material e usando a colher de pedreiro, pus-me a emparedar com todo o vigor a entrada do nicho.

Mal tinha acabado de assentar a primeira fileira de alvenaria, quando percebi que a bebedeira de Fortunato já quase passara. O primeiro sinal disso foi um gemido grosso, gritado do fundo do nicho. Não era grito de bêbado. Depois, um longo e insistente silêncio. Assentei a segunda fileira, a terceira e a quarta; e ouvi então o som furioso da corrente ao ser sacudida. O ruído durou vários minutos, durante os quais, para poder gozá-lo melhor, interrompi o trabalho e sentei em cima dos ossos. Quando finalmente cessou o barulho, peguei de novo a colher e terminei sem interromper a quinta, a sexta e a sétima fileiras. A parede agora já chegava até a altura do peito. Parei mais uma vez e, segurando a tocha por cima da parte construída, iluminei com a luz fraca o vulto lá dentro.

Uma série de berros e guinchos explodiu de repente da garganta do acorrentado, jogando-me praticamente para trás. Por um breve momento hesitei. Estava tremendo. Saquei a espada e espetei com ela o interior do nicho, mas em pouco me acalmei. Passei a mão pela sólida parede da catacumba e fiquei satisfeito. Tornando a me aproximar da parede, respondi a seus gritos com outros. Imitei, provoquei e superei os gritos dele em volume e em força. Fiz isso até que ele emudecesse.

Já era meia-noite, e minha obra chegava ao fim. Já tinha acabado a oitava, nona e décima fileiras. Estava terminando a undécima e última fileira; faltava uma única pedra para encaixar e cimentar. Lutei com o peso dela e consegui colocá-la parcialmente na posição final. Mas, então, do interior do nicho veio o som de risada baixa, que me arrepiou os cabelos. Logo em seguida, uma voz triste, que a custo reconheci como a do nobre Fortunato. A voz dizia:

— Ha! ha! ha!... he! he!... boa piada, muito boa... uma brincadeira excelente. Vamos dar boas risadas com isto no palácio... he! he! he!... tomando o nosso vinho... he! he! he!...

— O Amontillado! — eu disse.

– He! he! he!... he! he! he!... é, o Amontillado. Mas não está ficando tarde? Será que não estão nos esperando lá no palácio minha mulher e os outros? Melhor ir embora.

– É – disse eu –, vamos embora.

– Por amor de Deus, Montresor!

– Sim – disse eu –, pelo amor de Deus!

Depois dessas palavras esperei em vão por uma resposta. Fui ficando impaciente. E chamei, alto:

– Fortunato!

Nenhuma resposta. Chamei de novo:

– Fortunato!

Ainda nada. Enfiei a tocha pela abertura que ainda restava e a joguei lá dentro. De volta só me chegou o tilintar dos guizos. Senti meu coração apertar-se... por causa da umidade das catacumbas. Tratei de terminar depressa meu trabalho. Forcei a última pedra na posição e cimentei. Contra a parede nova tornei a erguer a velha pilha de ossos. E neste meio século nenhum mortal desarrumou essa pilha. *In pace requiescat!*[3]

Tradução de José Rubens Siqueira

---

3   Em latim, "descanse em paz". *(N.T.)*

Edgar Allan Poe

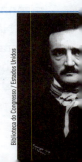

viveu entre 1809 e 1849. É considerado o mestre dos contos policiais e de terror, e um dos mais geniais autores norte-americanos. Sua vida sempre foi muito conturbada: a orfandade, as dificuldades financeiras, a morte da esposa, os fracassos, o alcoolismo, tudo contribuiu para sua instabilidade emocional. Acredita-se que teria ficado louco antes de morrer.

"O barril de Amontillado" foi publicado em 1846.

A caçada
Lygia Fagundes Telles

O que é a realidade? Uma percepção condicionada pelos nossos sentidos? Uma ilusão regida pelas leis físicas? Uma velha tapeçaria, pendurada numa loja de antiguidades, intriga e perturba o homem que a observa. Ele tem a estranha sensação de já ter participado daquela cena representada na tapeçaria: uma caçada. Ele sente que já viveu esse instante no tempo. Só não sabe se teria sido o pintor que criou a cena, o artesão que teceu a tapeçaria, o caçador com o arco retesado... ou a presa, oculta na floresta. Uma velha tapeçaria desbotada pode ser um portal imediato para outra dimensão da realidade? Penetre neste mistério tramado por Lygia Fagundes Telles.

A loja de antiguidades tinha o cheiro de uma arca de sacristia com seus panos embolorados e livros comidos de traça. Com as pontas dos dedos, o homem tocou numa pilha de quadros. Uma mariposa levantou voo e foi chocar-se contra uma imagem de mãos decepadas.

— Bonita imagem — disse ele.

A velha tirou um grampo do coque, e limpou a unha do polegar. Tornou a enfiar o grampo no cabelo.

— É um São Francisco.

Ele então voltou-se lentamente para a tapeçaria que tomava toda a parede no fundo da loja. Aproximou-se mais. A velha aproximou-se também.

— Já vi que o senhor se interessa mesmo é por isso... Pena que esteja nesse estado.

O homem estendeu a mão até a tapeçaria, mas não chegou a tocá-la.

— Parece que hoje está mais nítida...

— Nítida? — repetiu a velha, pondo os óculos. Deslizou a mão pela superfície puída. — Nítida, como?

— As cores estão mais vivas. A senhora passou alguma coisa nela?

A velha encarou-o. E baixou o olhar para a imagem de mãos decepadas. O homem estava tão pálido e perplexo quanto a imagem.

— Não passei nada, imagine... Por que o senhor pergunta?

— Notei uma diferença.

— Não, não passei nada, essa tapeçaria não aguenta a mais leve escova, o senhor não vê? Acho que é a poeira que está sustentando o tecido — acrescentou, tirando novamente o grampo da cabeça. Rodou-o entre os dedos com ar pensativo. Teve um muxoxo: — Foi um desconhecido que trouxe, precisava muito de dinheiro. Eu disse que o pano estava por demais estragado, que era difícil encontrar um comprador, mas ele insistiu tanto... Preguei aí na parede e aí ficou. Mas já faz anos isso. E o tal moço nunca mais me apareceu.

– Extraordinário...

A velha não sabia agora se o homem se referia à tapeçaria ou ao caso que acabara de lhe contar. Encolheu os ombros. Voltou a limpar as unhas com o grampo.

– Eu poderia vendê-la, mas quero ser franca, acho que não vale mesmo a pena. Na hora que se despregar, é capaz de cair em pedaços.

O homem acendeu um cigarro. Sua mão tremia. Em que tempo, meu Deus! em que tempo teria assistido a essa mesma cena. E onde?...

Era uma caçada. No primeiro plano, estava o caçador de arco retesado, apontando para uma touceira espessa. Num plano mais profundo, o segundo caçador espreitava por entre as árvores do bosque, mas esta era apenas uma vaga silhueta, cujo rosto se reduzira a um esmaecido contorno. Poderoso, absoluto era o primeiro caçador, a barba violenta como um bolo de serpentes, os músculos tensos, à espera de que a caça levantasse para desferir-lhe a seta.

O homem respirava com esforço. Vagou o olhar pela tapeçaria que tinha a cor esverdeada de um céu de tempestade. Envenenando o tom verde-musgo do tecido, destacavam-se manchas de um negro-violáceo e que pareciam escorrer da folhagem, deslizar pelas botas do caçador e espalhar-se no chão como um líquido maligno. A touceira na qual a caça estava escondida também tinha as mesmas manchas e que tanto podiam fazer parte do desenho como ser simples efeito do tempo devorando o pano.

– Parece que hoje tudo está mais próximo – disse o homem em voz baixa. – É como se... Mas não está diferente?

A velha firmou mais o olhar. Tirou os óculos e voltou a pô-los.

– Não vejo diferença nenhuma.

– Ontem não se podia ver se ele tinha ou não disparado a seta...

– Que seta? O senhor está vendo alguma seta?

– Aquele pontinho ali no arco...

A velha suspirou.

– Mas esse não é um buraco de traça? Olha aí, a parede já está aparecendo, essas traças dão cabo de tudo – lamentou, disfarçando um bocejo. Afastou-se sem ruído, com suas chinelas de lã. Esboçou um gesto distraído: – Fique aí à vontade, vou fazer meu chá.

O homem deixou cair o cigarro. Amassou-o devagarinho na sola do sapato. Apertou os maxilares numa contração dolorosa. Conhecia esse bosque, esse caçador, esse céu – conhecia tudo tão bem, mas tão bem! Quase sentia nas narinas o perfume dos eucaliptos, quase sentia morder-lhe a pele o frio úmido da madrugada, ah, essa madrugada! Quando? Percorrera aquela mesma vereda, aspirara aquele mesmo vapor que baixava denso do céu verde... Ou subia do chão? O caçador de barba encaracolada parecia sorrir perversamente embuçado. Teria sido esse caçador? Ou o companheiro lá adiante, o homem sem cara espiando por entre as árvores? Uma personagem de tapeçaria. Mas qual? Fixou a touceira onde a caça estava escondida. Só folhas, só silêncio e folhas empastadas na sombra. Mas, detrás das folhas, através das manchas pressentia o vulto arquejante da caça. Compadeceu-se daquele ser em pânico, à espera de uma oportunidade para prosseguir fugindo. Tão próxima a morte! O mais leve movimento que fizesse, e a seta... A velha não a distinguira, ninguém poderia percebê-la, reduzida como estava a um pontinho carcomido, mais pálido do que um grão de pó em suspensão no arco.

Enxugando o suor das mãos, o homem recuou alguns passos. Vinha-lhe agora uma certa paz, agora que sabia ter feito parte da caçada. Mas essa era uma paz sem vida, impregnada dos mesmos coágulos traiçoeiros da folhagem. Cerrou os olhos. E se tivesse sido o pintor que fez o quadro? Quase todas as antigas tapeçarias eram reproduções de quadros, pois não eram? Pintara o quadro original e por isso podia reproduzir, de olhos fechados, toda a cena nas suas minúcias: o contorno das árvores, o céu sombrio, o caçador de barba esgrouvinhada, só músculos e nervos apontando para a touceira... "Mas se detesto caçadas! Por que tenho que estar aí dentro?"

Apertou o lenço contra a boca. A náusea. Ah, se pudesse explicar toda essa familiaridade medonha, se pudesse ao menos... E se fosse um simples espectador casual, desses que olham e passam? Não era uma hipótese? Podia ainda ter visto o quadro no original, a caçada não passava de uma ficção. "Antes do aproveitamento da tapeçaria..." – murmurou, enxugando os vãos dos dedos no lenço.

Atirou a cabeça para trás como se o puxassem pelos cabelos, não, não ficara do lado de fora, mas lá dentro, encravado no cenário! E por que tudo parecia mais nítido do que na véspera, por que as cores estavam mais fortes apesar da penumbra? Por que o fascínio que se desprendia da paisagem vinha agora assim vigoroso, rejuvenescido?...

Saiu de cabeça baixa, as mãos cerradas no fundo dos bolsos. Parou meio ofegante na esquina. Sentiu o corpo moído, as pálpebras pesadas. E se fosse dormir? Mas sabia que não poderia dormir, desde já sentia a insônia a segui-lo na mesma marcação da sua sombra. Levantou a gola do paletó. Era real esse frio? Ou a lembrança do frio da tapeçaria? "Que loucura!... E não estou louco", concluiu num sorriso desamparado. Seria uma solução fácil. "Mas não estou louco."

Vagou pelas ruas, entrou num cinema, saiu em seguida e quando deu acordo de si, estava diante da loja de antiguidades, o nariz achatado na vitrina, tentando vislumbrar a tapeçaria lá no fundo.

Quando chegou em casa, atirou-se de bruços na cama e ficou de olhos escancarados, fundidos na escuridão. A voz tremida da velha parecia vir de dentro do travesseiro, uma voz sem corpo, metida em chinelas de lã: "Que seta? Não estou vendo nenhuma seta...". Misturando-se à voz, veio vindo o murmurejo das traças em meio de risadinhas. O algodão abafava as risadas que se entrelaçaram numa rede esverdinhada, compacta, apertando-se num tecido com manchas que escorreram até o limite da tarja. Viu-se enredado nos fios e quis fugir, mas a tarja o aprisionou nos seus braços. No fundo, lá no fundo do fosso, podia distinguir as serpentes enleadas num nó verde-negro. Apalpou o queixo. "Sou o caçador?" Mas ao invés da barba encontrou a viscosidade do sangue.

Acordou com o próprio grito que se estendeu dentro da madrugada. Enxugou o rosto molhado de suor. Ah, aquele calor e aquele frio! Enrolou-se nos lençóis. E se fosse o artesão que trabalhou na tapeçaria? Podia revê-la, tão nítida, tão próxima que, se estendesse a mão, despertaria a folhagem. Fechou os punhos. Haveria de destruí-la, não era verdade que além daquele trapo detestável havia alguma coisa mais, tudo não passava de um retângulo de pano sustentado pela poeira. Bastava soprá-la, soprá-la!

Encontrou a velha na porta da loja. Sorriu irônica:

– Hoje o senhor madrugou.

– A senhora deve estar estranhando, mas...

— Já não estranho mais nada, moço. Pode entrar, pode entrar, o senhor conhece o caminho...

"Conheço o caminho" – murmurou, seguindo lívido por entre os móveis. Parou. Dilatou as narinas. E aquele cheiro de folhagem e terra, de onde vinha aquele cheiro? E por que a loja foi ficando embaçada, lá longe? Imensa, real, só a tapeçaria a se alastrar sorrateiramente pelo chão, pelo teto, engolindo tudo com suas manchas esverdinhadas. Quis retroceder, agarrou-se a um armário, cambaleou resistindo ainda e estendeu os braços até a coluna. Seus dedos afundaram por entre galhos e resvalaram pelo tronco de uma árvore, não era uma coluna, era uma árvore! Lançou em volta um olhar esgazeado: penetrara na tapeçaria, estava dentro do bosque, os pés pesados de lama, os cabelos empastados de orvalho. Em redor, tudo parado. Estático. No silêncio da madrugada, nem o piar de um pássaro, nem o farfalhar de uma folha. Inclinou-se arquejante. Era o caçador? Ou a caça? Não importava, não importava, sabia apenas que tinha que prosseguir correndo sem parar por entre as árvores, caçando ou sendo caçado. Ou sendo caçado?... Comprimiu as palmas das mãos contra a cara esbraseada, enxugou no punho da camisa o suor que lhe escorria pelo pescoço. Vertia sangue o lábio gretado.

Abriu a boca. E lembrou-se. Gritou e mergulhou numa touceira. Ouviu o assobio da seta varando a folhagem, a dor!

"Não..." – gemeu, de joelhos. Tentou ainda agarrar-se à tapeçaria. E rolou encolhido, as mãos apertando o coração.

Lygia Fagundes Telles nasceu em 1923, em São Paulo. Membro da Academia Brasileira de Letras desde 1985, é uma das mais renomadas contistas e romancistas do país. Recebeu alguns dos principais prêmios literários por suas obras, muitas das quais foram traduzidas para os mais variados idiomas e adaptadas para o cinema, o teatro e a televisão.
O conto "A caçada" foi extraído do livro *Antes do baile verde,* publicado em 1970.

A galinha degolada
Horacio Quiroga

Ter um filho saudável e perfeito é o desejo profundo de todo casal. Porque os filhos são a continuidade possível do ser humano – que já nasce destinado à morte. Para o casal argentino Berta e Mazzini, um filho seria o coroamento de seu amor. Mas o destino – ou a genética? – frustrou amargamente seus sonhos. Por quatro vezes. O desgosto abalou a união do casal, até que uma pequenina centelha de felicidade brilhou em suas vidas mesquinhas... Enfim, o tão almejado sonho de ver crescer uma criança perfeita e saudável parecia ter se realizado. Mas, para Horacio Quiroga, o mundo nunca foi lugar de sonhos, e sim de pesadelos.

Todo dia, sentados no pátio em um banco, os quatro filhos idiotas do casal Mazzini-Ferraz. Língua entre os lábios, olhos estúpidos e viravam a cabeça com a boca aberta. O pátio era de terra, fechado a oeste por um muro de tijolos. O banco ficava paralelo a ele, a cinco metros, e ali se mantinham imóveis, os olhos fixos nos tijolos. Como o sol se punha atrás do muro, quando declinava os idiotas tinham festa. A luz ofuscante logo chamava a atenção deles, pouco a pouco seus olhos se animavam; riam por fim estrepitosamente, congestionados por uma mesma hilaridade ansiosa, olhando o sol com alegria bestial, como se fosse comida.

Outras vezes, alinhados no banco, zumbiam horas inteiras, imitando o bonde elétrico. Os ruídos fortes, porém, sacudiam sua inércia e eles corriam então, mordendo a língua e mugindo, ao redor do pátio. Mas quase sempre estavam apagados em uma soturna letargia de idiotismo, e passavam o dia sentados em seu banco, com as pernas penduradas e quietas, empapando as calças com saliva viscosa.

O maior tinha doze anos e os menores, oito. Em todo seu aspecto sujo e desamparado notava-se a falta absoluta de um pouco de cuidado maternal.

Esses quatro idiotas, porém, tinham sido um dia o encanto de seus pais. Aos três meses de casados, Mazzini e Berta dirigiram seu intenso amor de marido e mulher e mulher e marido a um futuro mais vital: um filho. Que maior felicidade para dois apaixonados do que essa honrada consagração de seu carinho, libertado já do vil egoísmo de um amor mútuo sem nenhum fim e, o que é pior para o próprio amor, sem esperanças possíveis de renovação?

Assim sentiram Mazzini e Berta, e quando chegou o filho, aos catorze meses de casados, acreditaram cumprida sua felicidade. A criança cresceu bela e radiosa, até completar um ano e meio. Mas no vigésimo mês uma noite a sacudiram convulsões terríveis e na manhã seguinte não reconhecia mais seus pais. O médico examinou o bebê com aquela atenção profissional que procura visivelmente as causas do mal nas enfermidades dos pais.

Depois de alguns dias, os membros paralisados recuperaram o movimento; mas a inteligência, a alma, o instinto mesmo, tinham se ido de todo; ele ficou profundamente idiota, babão, mole, morto para sempre sobre os joelhos de sua mãe.

– Filho, meu filho querido! – soluçava esta sobre aquela ruína espantosa de seu primogênito.

O pai, desolado, acompanhou o médico até a porta.

– Ao senhor pode-se dizer; creio que é um caso perdido. Pode melhorar, ser educado em tudo o que o idiotismo permitir, mas não mais.

– Sei...! Sei! – concordou Mazzini. – Mas me diga. O senhor acha que é herdado, que...?

– Quanto à herança paterna, já disse o que achava quando vi seu filho. Quanto à mãe, há ali um pulmão que não respira bem. Não vejo nada mais, porém há uma respiração um pouco áspera. Faça com que seja bem examinada.

Com a alma destruída de remorso, Mazzini redobrou o amor a seu filho, o pequeno idiota que pagava pelos excessos do avô. Tinha porém que consolar, que dar apoio sem trégua a Berta, ferida no mais fundo de si por aquele fracasso de sua jovem maternidade.

Como é natural, o casal pôs todo seu amor na esperança de outro filho. Este nasceu, e sua saúde e limpidez de riso reacenderam o futuro extinto. Mas aos dezoito meses as convulsões do primogênito se repetiram e no dia seguinte amanheceu idiota.

Dessa vez os pais caíram em profundo desespero. Então seu sangue, seu amor estavam amaldiçoados! Seu amor sobretudo! Vinte e oito anos ele, vinte e dois ela, e toda sua apaixonada ternura não conseguia criar um átomo de vida normal. Já não pediam mais beleza e inteligência como para o primogênito, mas um filho, um filho como todos!

Do novo desastre brotaram novas chamas de dolorido amor, um louco desejo a redimir para sempre a santidade de sua ternura. Vieram gêmeos e ponto a ponto repetiu-se o processo dos dois mais velhos.

Mas, acima de sua imensa amargura, restava a Mazzini e Berta uma grande compaixão por seus quatro filhos. Foi preciso arrancar do limbo da mais profunda animalidade não suas almas, mas o instinto mesmo, abolido. Não sabiam engolir, mudar de lugar, nem mesmo sentar-se. Aprenderam por fim a caminhar, mas se batiam contra tudo, porque não se davam conta dos obstáculos. Quando eram lavados uivavam até ficarem com o rosto congestionado. Só ao comer se animavam, ou quando viam cores brilhantes ou ouviam trovões. Riam-se então, punham para fora a língua e rios de baba, radiantes num frenesi bestial. Por outro lado, tinham certa faculdade imitativa; mas não se podia obter mais nada. Com os gêmeos pareceu ter-se concluído a aterrorizadora descendência. Mas, depois de três anos, desejaram de novo ardentemente outro filho, confiando que o longo tempo passado teria aplacado a fatalidade.

Não conseguiam satisfazer suas esperanças. E, nesse desejo ardente que se exasperava, em razão de sua esterilidade, amarguraram-se. Até esse momento cada um havia assumido para si a parte que lhe correspondia na miséria dos filhos; mas a desesperança de redenção diante dos quatro animais que tinham nascido deles fez surgir essa imperiosa necessidade de culpar os outros, que é patrimônio específico dos corações inferiores.

Começaram com a troca de pronomes: *seus* filhos. E, como além do insulto havia a intriga, a atmosfera ficava mais carregada.

– Eu acho – disse uma noite Mazzini, que acabava de entrar e estava lavando as mãos – que você podia manter os meninos mais limpos.

Berta continuou lendo como se não tivesse ouvido.

– É a primeira vez – respondeu depois de algum tempo – que vejo você se preocupar com o estado dos seus filhos.

Mazzini virou um pouco o rosto para ela com um sorriso forçado:

– Dos nossos filhos, não?

– Bom, dos nossos filhos. Melhor assim? – ela levantou os olhos.

Mazzini, então, expressou-se claramente:

– Você não vai dizer que a culpa é minha, não é?

– Ah, não! – sorriu Berta, muito pálida. – Mas minha também não é, acho...! Só faltava mais essa...! – murmurou.

– Como, só faltava mais essa?

– Que, se alguém tem culpa, não sou eu, entenda bem! Isso é o que eu quero dizer.

O marido olhou para ela um momento, com um brutal desejo de insultá-la.

– Vamos parar por aqui! – articulou, enxugando as mãos afinal.

– Como quiser; mas se quiser dizer...

– Berta!

– Como quiser!

Esse foi o primeiro choque e vieram outros depois. Mas, nas inevitáveis reconciliações, suas almas se uniam com duplo arrebatamento e loucura por outro filho.

Nasceu então uma menina. Viveram dois anos com a angústia à flor da alma, esperando sempre outro desastre.

Nada aconteceu, porém, e os pais puseram nela toda a sua complacência, que a pequena levava aos mais extremos limites do mimo e da má-criação.

Se nos últimos tempos Berta ainda cuidava sempre de seus filhos, ao nascer Bertita esqueceu quase completamente deles. A mera lembrança dos meninos a horrorizava como algo atroz que a tinham obrigado a cometer. Com Mazzini, se bem que em menor grau, acontecia a mesma coisa.

Nem por isso a paz chegou a suas almas. A menor indisposição de sua filha fazia aflorarem, com o terror de perdê-la, os rancores de sua descendência apodrecida. Tinham acumulado fel durante tempo demasiado para que o copo não estivesse cheio demais, e ao menor contato o veneno vertia para fora. Desde o primeiro desgosto tinham perdido o respeito um pelo outro; e se existe alguma coisa pela qual o ser humano se sente atraído com cruel satisfação é, quando já começado, o humilhar totalmente uma pessoa. Antes continham-se pela recíproca falta de êxito; agora que este havia chegado, cada um deles, atribuindo-o a si mesmo, sentia maior a infâmia das quatro crias que o outro o havia forçado a gerar.

Com esses sentimentos já não havia para os quatro filhos mais velhos nenhum afeto possível. A criada os vestia, dava-lhes de comer, os punha na cama, com visível brutalidade. Quase nunca os lavava. Passavam praticamente todo o dia sentados diante do muro, abandonados por qualquer remota carícia.

Desse modo Bertita completou quatro anos e nessa noite, resultado das guloseimas que os pais eram absolutamente incapazes de lhe negar, teve a criança uns calafrios e febre. E o temor de vê-la morrer ou ficar idiota tornou a reabrir a velha chaga.

Fazia três horas que não falavam e o motivo foi, como quase sempre, os passos fortes de Mazzini.

– Meu Deus! Não dá para andar mais macio? Quantas vezes...!

– Bom, eu me esqueço. Pronto! Não faço de propósito.

Ela sorriu, desdenhosa.

– Não, não acredito em você!

– Nem eu nunca acreditei muito em você... tísica!

– O quê? O que você disse?

– Nada!

– Disse, eu ouvi alguma coisa! Olhe: não sei o que você disse, mas juro que prefiro qualquer coisa a ter um pai como o pai que você teve!

Mazzini ficou pálido.

– Até que enfim! – disse de dentes cerrados. – Até que enfim, víbora, disse o que queria.

– É, víbora, sim! Mas eu tive pais sadios, está ouvindo? Sadios! Meu pai não morreu de delírio! Eu teria tido filhos como os de todo mundo. Esses filhos são seus, os quatro seus!

Mazzini explodiu por sua vez:

– Víbora tísica! Foi isso que eu disse, é o que eu quero dizer para você! Pergunte para o médico quem tem a maior culpa pela meningite de seus filhos: meu pai ou o seu pulmão despedaçado, víbora!

Continuaram com violência cada vez maior, até que um gemido de Bertita calou instantaneamente suas bocas. À uma da manhã, a ligeira indigestão tinha desaparecido e, como acontece com todos os casais jovens que se amaram intensamente uma vez que seja, a reconciliação chegou, tanto mais efusiva quanto mais ferinos foram os agravos.

Amanheceu um dia esplêndido e, ao se levantar, Berta cuspiu sangue. As emoções e a noite maldormida tinham, sem dúvida, a maior culpa. Mazzini a manteve abraçada um longo tempo e ela chorou desesperadamente, mas sem que ninguém se atrevesse a dizer uma palavra.

Às dez, resolveram sair, depois do almoço. Como ainda tinham tempo, mandaram a criada matar uma galinha.

O dia radiante havia arrancado os idiotas de seu banco. De modo que, enquanto a criada degolava na cozinha o animal, sangrando-o com parcimônia (Berta aprendera com sua mãe esse bom jeito de conservar o frescor da carne), julgou sentir uma respiração atrás dela. Virou-se e viu os quatro idiotas com os ombros pregados um no outro, olhando estupefatos a operação... Vermelho... Vermelho...

– Senhora! Os meninos estão aqui, na cozinha.

Berta chegou, não queria que eles pisassem ali nunca. E ainda mais nessas horas de pleno perdão, esquecimento e felicidade reconquistada, podia se evitar aquela horrível visão! Porque naturalmente quanto mais intensos eram os lances de amor por seu marido e por sua filha, mais irritado era seu humor com os monstros.

– Que saiam, Maria! Mande embora! Mande os meninos embora, estou dizendo!

Os quatro pobres animais, sacudidos, brutalmente empurrados, foram de volta a seu banco.

Depois do almoço, saíram todos. A criada foi a Buenos Aires e o casal a passear pelas chácaras. Ao pôr do sol, voltaram, mas Berta quis cumprimentar por um momento suas vizinhas da frente. Sua filha logo escapou e foi para casa.

Nesse meio-tempo, os idiotas não tinham saído de seu banco o dia inteiro. O sol tinha já ultrapassado o muro, começava a se pôr e eles continuavam olhando os tijolos, mais inertes que nunca.

De repente, alguma coisa se interpôs entre seu olhar e o muro. Sua irmã, cansada de cinco horas paternas, queria observar por sua conta. Parada ao pé do muro, olhava pensativa o alto. Queria subir nele, disso não havia dúvida. Por fim, decidiu-se por uma cadeira manca, mas ainda não dava. Re-

correu então a um caixote de querosene e seu instinto topográfico a fez colocá-lo na vertical, com o que triunfou.

Os quatro idiotas, o olhar indiferente, viram como sua irmã conseguia pacientemente equilibrar-se e como nas pontas dos pés apoiava o pescoço no alto do muro, entre as mãos estendidas. Viram quando ela olhou para todos os lados, buscando apoio com o pé para subir mais.

Mas o olhar dos idiotas tinha se animado; uma mesma luz insistente estava fixa em suas pupilas. Não desviaram os olhos de sua irmã, enquanto uma crescente sensação de gula bestial ia transformando cada linha de seus rostos. Lentamente avançaram para o muro. A pequena, que tinha conseguido apoiar o pé, ia se pôr montada e, seguramente, cair para o outro lado, quando se sentiu colhida pela perna. Debaixo dela, os oito olhos cravados nos seus lhe deram medo.

– Soltem! Me deixem! – gritou, sacudindo a perna. Mas foi atraída.

– Mamãe! Ai, mamãe! Mamãe, papai! – chorou imperiosamente. Tentou ainda segurar-se na borda, mas sentiu-se arrancada e caiu.

– Mamãe! Ai! Ma... – não conseguiu gritar mais. Um deles apertou-lhe o pescoço, afastando os cachos como se fossem penas, e os outros a arrastaram por uma perna só até a cozinha, onde essa manhã haviam sangrado a galinha, bem presa, arrancando-lhe a vida segundo a segundo.

Mazzini, na casa em frente, acreditou ouvir a voz de sua filha.

– Parece que está chamando você – disse a Berta.

Prestaram atenção, inquietos, mas não ouviram mais nada. Contudo, um momento depois se despediram e, enquanto Berta guardava o chapéu, Mazzini avançou pelo pátio.

– Bertita!

Ninguém respondeu.

– Bertita! – levantou mais a voz, já alterada.

E o silêncio foi tão fúnebre para seu coração sempre aterrorizado, que sentiu as costas gelarem em horrível pressentimento.

– Minha filha, minha filha – correu desesperado até o fundo. Mas ao passar diante da cozinha viu no piso um mar de sangue. Empurrou violentamente a porta encostada, e soltou um grito de horror.

Berta, que já tinha começado a correr por sua vez ao ouvir o angustioso chamado do marido, ouviu o grito e respondeu com outro. Mas, ao precipitar-se à cozinha, Mazzini, lívido como a morte, se interpôs, impedindo-a:

– Não entre! Não entre!

Berta chegou a ver o piso inundado de sangue. Só conseguiu lançar os braços acima da cabeça e cair ao lado do marido com um rouco suspiro.

Tradução de José Rubens Siqueira

Horacio Quiroga

nasceu no Uruguai (1878) e viveu muitos anos na Argentina. Sua vida foi bastante atribulada: a perda prematura do pai, o suicídio do padrasto, a morte acidental do melhor amigo com um tiro disparado por ele, o suicídio da primeira esposa e de todos os três filhos. Ele também veio a se suicidar, em 1937, ao saber que tinha câncer.

O conto "A galinha degolada" foi publicado em 1917, no livro *Contos de amor, de loucura e de morte*.

Os olhos que comiam carne
Humberto de Campos

Imagine qual é o maior prazer de um escritor, além de escrever. É, exatamente, ler. Devorar livros. Deleitar seus olhos – e seu espírito – com prosa e poesia... Por isso, a pior tragédia que poderia atingir um escritor seria ficar cego; nunca mais poder ler. Para o escritor Paulo Fernando, vítima da cegueira, só há uma esperança: uma cirurgia revolucionária. Um milagre científico. Infelizmente para ele, seu criador, o autor Humberto de Campos, decidiu transformar uma bênção numa terrível maldição... É natural: Humberto também ficou praticamente cego e sofreu várias cirurgias. Ele sentiu na própria carne o que é o horror...

Na manhã seguinte à do aparecimento, nas livrarias, do oitavo e último volume da *História do conhecimento humano*, obra em que havia gasto catorze anos de uma existência consagrada, inteira, ao estudo e à meditação, o escritor Paulo Fernando esperava, inutilmente, que o sol lhe penetrasse no quarto. Estendido, de costas, na sua cama de solteiro, os olhos voltados na direção da janela que deixara entreaberta na véspera para a visita da claridade matutina, ele sentia que a noite se ia prolongando demais. O aposento permanecia escuro. Lá fora, entretanto, havia rumores de vida. Bondes passavam tilintando. Havia barulho de carroças no calçamento áspero. Automóveis buzinavam como se fosse dia alto. E, no entanto, era noite, ainda. Atentou melhor, e notou movimento na casa. Distinguia perfeitamente o arrastar de uma vassoura, varrendo o pátio. Imaginou que o vento tivesse fechado a janela, impedindo a entrada do dia. Ergueu, então, o braço e apertou o botão da lâmpada. Mas a escuridão continuou. Evidentemente, o dia não lhe começava bem. Comprimiu o botão da campainha. E esperou.

Ao fim de alguns instantes, batem docemente à porta.

– Entra, Roberto.

O criado empurrou a porta, e entrou.

– Esta lâmpada está queimada, Roberto? – indagou o escritor, ao escutar os passos do empregado no aposento.

– Não, senhor. Está até acesa.

– Acesa? A lâmpada está acesa, Roberto? – exclamou o patrão, sentando-se repentinamente na cama.

– Está, sim, senhor. O doutor não vê que está acesa, por causa da janela que está aberta.

– A janela está aberta, Roberto? – gritou o homem de letras, com o terror estampado na fisionomia.

– Está, sim, senhor. E o sol está até no meio do quarto.

Paulo Fernando mergulhou o rosto nas mãos, e quedou-se imóvel, petrificado pela verdade terrível. Estava cego. Acabava de realizar-se o que há muito prognosticavam os médicos.

A notícia daquele infortúnio em breve se espalhava pela cidade, impressionando e comovendo a quem a recebia. A morte dos olhos daquele homem de quarenta anos, cuja mocidade tinha sido consumida na intimidade de um gabinete de trabalho, e cujos primeiros cabelos brancos haviam nascido à claridade das lâmpadas, diante das quais passara oito mil noites estudando, enchia de pena os mais indiferentes à vida do pensamento. Era uma força criadora que desaparecia. Era uma grande máquina que parava. Era um facho que se extinguia no meio da noite, deixando desorientados na escuridão aqueles que o haviam tomado por guia. E foi quando, de súbito, e como que providencialmente, surgiu, na imprensa, a informação de que o professor Platen, de Berlim, havia descoberto o processo de restituir a vista aos cegos, uma vez que a pupila se conservasse íntegra e se tratasse, apenas, de destruição ou defeito do nervo óptico. E, com essa informação, a de que o eminente oculista passaria em breve pelo Rio de Janeiro, a fim de realizar uma operação desse gênero em um opulento estancieiro argentino, que se achava cego há seis anos e não tergiversara em trocar a metade da sua fortuna pela antiga luz dos seus olhos.

A cegueira de Paulo Fernando, com as suas causas e sintomas, enquadrava-se rigorosamente no processo do professor alemão: dera-se pelo seccionamento do nervo óptico. E era pelo restabelecimento deste, por meio de ligaduras artificiais com uma composição metálica de sua invenção, que o sábio de Berlim realizava o seu milagre cirúrgico. Esforços foram empregados, assim, para que Platen desembarcasse no Rio de Janeiro por ocasião da sua viagem a Buenos Aires.

Três meses depois, efetuava-se, de fato, esse desembarque. Para não perder tempo, achava-se Paulo Fernando, desde a véspera, no Grande Hospital de Clínicas. E encontrava-se, já, na sala de operações, quando o famoso cirurgião entrou, rodeado de colegas brasileiros e de dois auxiliares alemães, que o acompanhavam na viagem, e apertou-lhe vivamente a mão.

Paulo Fernando não apresentava, na fisionomia, o menor sinal de emoção. O rosto escanhoado, o cabelo grisalho e ondulado posto para trás, e os olhos abertos, olhando sem ver: olhos castanhos, ligeiramente saídos, pelo hábito de vir beber a sabedoria aqui fora, e com laivos escuros de sangue, como reminiscência das noites de vigília. Vestia pijama de tricoline branca, de gola caída. As mãos de dedos magros e curtos seguravam as duas bordas da cadeira, como se estivesse à beira de um abismo, e temesse tombar na voragem.

Olhos abertos, piscando, Paulo Fernando ouvia, em torno, ordens em alemão, tinir de ferros dentro de uma lata, jorro d'água, e passos pesados ou ligeiros, de desconhecidos. Esses rumores todos eram, no seu espírito, causa de novas reflexões. Só agora, depois de cego, verificara a sensibilidade da audição, e as suas relações com a alma, através do cérebro. Os passos de um estranho são inteiramente diversos daqueles de uma pessoa a quem se conhece. Cada criatura humana pisa de um modo. Seria capaz de identificar, agora, pelo passo, todos os seus amigos, como se tivesse vista e lhe pusessem diante dos olhos o retrato de cada um deles. E imaginava como seria curioso organizar para os cegos um álbum auditivo, como os de datiloscopia[1], quando um dos médicos lhe tocou no ombro, dizendo-lhe, amavelmente:

1 Técnica para identificar impressões digitais. *(N.E.)*

– Está tudo pronto... Vamos para a mesa... Dentro de oito dias estará bom...

O escritor sorriu, cético. Lido nos filósofos, esperava, indiferente, a cura ou a permanência na treva, não descobrindo nenhuma originalidade no seu castigo e nenhum mérito na sua resignação. Compreendia a inocuidade da esperança e a inutilidade da queixa. Levantou-se, assim, tateando, e, pela mão do médico, subiu na mesa de ferro branco, deitou-se ao longo, deixou que lhe pusessem a máscara para o clorofórmio, sentiu que ia ficando leve, aéreo, imponderável. E nada mais soube nem viu.

O processo Platen era constituído por uma aplicação da lei de Roentgen[2], de que resultou o raio X, que punha em contato, por meio de delicadíssimos fios de "hêmera", liga metálica recentemente descoberta, o nervo seccionado. Completava-o uma espécie de parafina adaptada ao globo ocular, a qual, posta em contato direto com a luz, restabelecia integralmente a função desse órgão. Cientificamente, era mais um mistério do que um fato. A verdade era que as publicações europeias faziam, levianamente ou não, referências constantes às curas miraculosas realizadas pelo cirurgião de Berlim, e que seu nome, em breve, corria o mundo, como o de um dos grandes benfeitores da Humanidade.

Meia hora depois as portas da sala de cirurgia do Grande Hospital de Clínicas se reabriam e Paulo Fernando, ainda inerte, voltava, em uma carreta de rodas silenciosas, ao seu quarto de pensionista. As mãos brancas, postas ao longo do corpo, eram como as de um morto. O rosto e a cabeça envoltos em gaze deixavam à mostra apenas o nariz afilado e a boca entreaberta. E não tinha decorrido outra hora, e já

---

2 Referência a Wilhem Konrad Rötgen – ou Roentgen – (1845-1923), físico alemão que descobriu e batizou o raio X, em 1895. *(N.E.)*

o professor Platen se achava, de novo, a bordo, deixando a recomendação de que não fosse retirada a venda, que pusera no enfermo, antes de duas semanas.

Doze dias depois passava ele, de novo, pelo Rio, de regresso para a Europa. Visitou novamente o operado, e deu novas ordens aos enfermeiros. Paulo Fernando sentia-se bem. Recebia visitas, palestrava com os amigos. Mas o resultado da operação só seria verificado três dias mais tarde, quando se retirasse a gaze. O santo estava tão seguro do seu prestígio que se ia embora sem esperar pela verificação do milagre.

Chega, porém, o dia ansiosamente aguardado pelos médicos, mais do que pelo doente. O Hospital encheu-se de especialistas, mas a direção só permitiu, na sala em que se ia cortar a gaze, a presença dos assistentes do enfermo. Os outros ficaram fora, no salão, para ver o doente, depois da cura.

Pelo braço de dois assistentes, Paulo Fernando atravessou o salão. Daqui e dali, vinham-lhe parabéns antecipados, apertos de mão vigorosos, que ele agradecia com um sorriso sem endereço. Até que a porta se fechou, e o doente, sentado em uma cadeira, escutou o estalido da tesoura, cortando a gaze que lhe envolvia o rosto.

Duas, três voltas são desfeitas. A emoção é funda, e o silêncio completo, como o de um túmulo. O último pedaço de gaze rola no balde. O médico tem as mãos trêmulas. Paulo Fernando, imóvel, espera a sentença final do Destino.

– Abra os olhos! – diz o doutor.

O operado, olhos abertos, olha em torno. Olha, e, em silêncio, muito pálido, vai se pondo de pé. A pupila entra em contato com a luz, e ele enxerga, distingue, vê. Mas é espantoso o que vê. Vê, em redor, criaturas humanas. Mas essas criaturas não têm vestimentas, não têm carne: são esqueletos apenas; são ossos que se movem, tíbias que andam, caveiras que abrem e fecham as mandíbulas! Os seus olhos comem a carne dos vivos. A sua retina, como os raios X, atravessa o corpo humano e só se detém na ossatura dos que o cercam, e diante das coisas inanimadas! O médico, à sua frente, é um esqueleto que tem uma tesoura na mão! Outros esqueletos andam, giram, afastam-se, aproximam-se, como num bailado macabro!

De pé, os olhos escancarados, a boca aberta e muda, os braços levantados numa atitude de pavor e de pasmo, Paulo

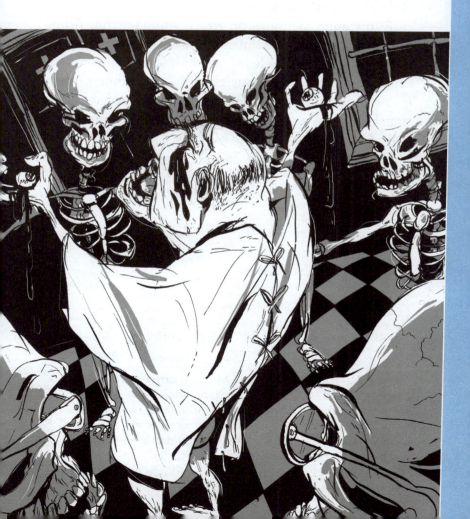

Fernando corre na direção da porta, que adivinha mais do que vê, e abre-a. E o que enxerga, na multidão de médicos e de amigos que o aguardam lá fora, é um turbilhão de espectros, de esqueletos que marcham e agitam os dentes, como se tivessem aberto um ossuário cujos mortos quisessem sair. Solta um grito e recua. Recua, lento, de costas, o espanto estampado na face. Os esqueletos marcham para ele, tentando segurá-lo.

— Afastem-se! Afastem-se! — intima, num urro que faz estremecer a sala toda.

E, metendo as unhas no rosto, afunda-as nas órbitas, e arranca, num movimento de desespero, os dois glóbulos ensanguentados, e tomba escabujando no solo, esmagando nas mãos aqueles olhos que comiam carne, e que, devorando macabramente a carne aos vivos, transformavam a vida humana, em torno, em um sinistro baile de esqueletos...

Humberto de Campos

nasceu em 1886, em Miritiba-MA, e morreu no Rio de Janeiro, em 1934. Um dos escritores mais lidos do seu tempo, foi membro da Academia Brasileira de Letras. Sua vasta produção literária parece não ter cessado com a morte: anos depois, várias obras atribuídas a ele foram psicografadas pelo médium Francisco Xavier.

"Os olhos que comiam carne" foi extraído de *O monstro e outros contos* (1935, 4ª edição).

Vento frio
H. P. Lovecraft

Numa pensão decadente, que cheira a bolor, há um quarto que exala um cheiro ainda pior. Nele mora o Doutor Muñoz, um médico que tem hábitos muito estranhos: gosta de refrescar-se com amoníaco, banha-se com produtos químicos e mantém a temperatura de seus aposentos sempre abaixo de zero. Sua conduta e sua presença causam repugnância a quem o vê, pois "o anormal provoca sempre a aversão, a suspeita e o temor", como adverte o nauseado narrador desta história. Que experiências absurdas esse médico realiza em seu quarto-laboratório? Tape o nariz e atreva-se a entrar nessa caverna infecta. Antes, um aviso: Lovecraft amava seu ofício de assombrar e apavorar leitores.

Você me pede para explicar por que tenho tanto receio de uma rajada de vento frio; por que me arrepio mais do que os outros ao entrar num aposento gelado, e me sinto nauseado e repugnado quando a friagem da noite perpassa o calor de um ameno dia de outono. Há quem diga que reajo ao frio do mesmo modo como outros reagem a um fedor, e serei o último a negar essa impressão. O que farei é relatar a situação mais horrível em que já me encontrei, e deixar que você julgue se isso pode ser ou não uma explicação aceitável dessa minha esquisitice.

É um engano imaginar que o horror esteja inextrincavelmente associado com a escuridão, o silêncio, a solidão. Eu o encontrei no resplendor de uma tarde ensolarada, em meio ao clangor da metrópole, e no ambiente agitado de uma decadente e ordinária casa de pensão, com uma senhoria muito simplória e dois homens vigorosos a meu lado. Em meados de 1923, eu tinha conseguido um emprego enfadonho e pouco rentável numa revista, em Nova York; e, sem condições de pagar um aluguel muito alto, comecei a vagar de uma pensão barata para outra, em busca de um quarto que combinasse as qualidades de limpeza decente, mobiliário tolerável e um preço bem razoável. Bem cedo percebi que eu só podia escolher entre diferentes males; contudo, algum tempo depois, topei com uma casa na Rua 14 Oeste que me desagradou bem menos do que as outras que eu havia experimentado.

Era uma mansão de quatro andares, de arenito avermelhado, que datava, aparentemente, de fins da década de 1840, adornada com mármores e madeirame cujo esplendor manchado e desgastado atestava sua queda de níveis mais altos de elegante opulência, no passado. Os quartos, amplos e de teto muito elevado, com um papel de parede inacreditável, e cornijas ridiculamente rebuscadas, encerravam um deprimente bafio de bolor e um incerto cheiro de cozinha; mas o assoalho era limpo, os lençóis, aceitáveis, e a água quente nem sempre estava fria ou desligada, de modo que acabei considerando essa casa um lugar suportável para hibernar até poder realmente voltar a viver.

A senhoria, uma espanhola desleixada e quase barbada, de nome Herrero, não me aborrecia com mexericos nem reclamações sobre a luz que ficava acesa até tarde em meu quarto, no terceiro andar, de frente para a rua. E os pensionistas eram tão sossegados e silenciosos quanto se poderia desejar, sendo na maioria espanhóis, só um pouco acima do nível mais rude e grosseiro. O único motivo sério de aborrecimento era o ruído dos bondes na avenida.

Eu já morava lá fazia três semanas quando aconteceu o primeiro incidente insólito. Certa noite, por volta das oito horas, ouvi um ruído de líquido gotejando no chão, e percebi de repente que pairava no ar, havia algum tempo, um cheiro intenso de amônia. Olhando em torno, vi que o teto estava molhado, e pingava; a infiltração provinha, aparentemente, de um canto do quarto voltado para a rua. Ansioso para cortar o mal pela raiz, desci ao térreo para falar com a senhoria, e ela me garantiu que o problema seria logo resolvido.

"O *Doctor Muñoz*", ela esganiçou, abalando escada acima à minha frente, "*debe* ter derramado seus *productos* químicos. Está *mucho* doente para tratar de si *mismo*, cada vez *más* doente, *pero no quiere* ninguém para ajudá-lo... Ele é *mucho extravagante* com essa doença dele... Toma *unos* banhos com cheiros estranhos o dia todo, e no *puede* ficar *nervioso ni* sentir calor. Ele *mismo* arruma o quarto, o *cuartito* está cheio de garrafas e de máquinas, e *no* trabalha *más* como médico. Mas já foi um grande homem... *mi padre* ouviu falar dele em Barcelona... E há *poco tiempo* ele cuidou do braço do encanador, que tinha começado a doer de repente. Ele nunca sai, só vai até o terraço, e meu filho Esteban leva *todo* para ele, comida, *ropa* lavada, remédios e *productos* químicos. *Ay, Diós,* a quantidade de sal-amoníaco que esse *hombre usa* para se refrescar!"

A Sra. Herrero desapareceu na escada para o quarto andar, e eu voltei ao meu quarto. A amônia tinha parado de pingar, e eu enxuguei a que tinha escorrido. Quando abri a janela para arejar o quarto, ouvi os passos pesados da senhoria no andar de cima. Já o Dr. Muñoz, eu nunca tinha ouvido seus passos, de tão pausados e macios; somente os sons de algum mecanismo com motor a gasolina. Imaginei, por um momento, o que poderia ser a estranha moléstia desse homem, e se sua obstinada recusa em aceitar ajuda não seria resultado de alguma excentricidade sem fundamento. Numa reflexão banal, ponderei o quanto é dolorosa a situação de uma pessoa eminente que decaiu de sua condição social.

Talvez eu nunca viesse a conhecer o Dr. Muñoz se não fosse pelo ataque cardíaco que sofri de repente, certa tarde, quando estava sentado em meu quarto, escrevendo. Médicos haviam me falado sobre o perigo que representam tais ataques, e eu sabia que não havia tempo a perder; então, lembrando-me do que a senhoria tinha dito sobre o socorro prestado pelo inválido ao encanador machucado, arrastei-me pela escada e bati debilmente à porta do quarto acima do meu. Minha batida foi respondida em bom inglês por uma voz curiosa, vinda da direita, que perguntou meu nome e profissão. Respondidas essas perguntas, abriu-se uma porta ao lado daquela em que eu batera.

Fui recebido por uma lufada de ar frio; e embora o dia fosse um dos mais quentes daquela primavera, senti um calafrio quando cruzei a soleira da porta para aquele amplo apartamento, cuja decoração luxuosa e de bom gosto era uma surpresa naquele ninho de pobreza e miséria. Um sofá dobrável cumpria agora seu papel diurno de sofá, e os móveis de mogno, as tapeçarias suntuosas, as pinturas antigas, as fornidas estantes de livros, tudo indicava antes o estúdio de um cavalheiro do que um quarto de pensão. Agora eu via que o quarto acima do meu – o *cuartito* com garrafas e máquinas mencionado pela Sra. Herrero – era simplesmente o laboratório do doutor, e que seus aposentos principais ficavam no amplo apartamento adjacente, cujas alcovas adequadas e grande banheiro contíguo lhe permitiam ocultar toda a roupa e demais objetos prosaicamente utilitários. O Dr. Muñoz, estava evidente, era um homem de berço, cultura e gosto apurado.

A figura diante de mim era de um homem baixo, mas bem-proporcionado, metido num traje um tanto formal, de corte e feitio perfeitos. Um rosto benfeito, de expressão superior, embora não arrogante, era adornado por uma barba curta e grisalha, e um pincenê antiquado realçava os grandes olhos escuros, equilibrado no nariz aquilino que dava um toque mourisco a uma fisionomia que, no mais, era francamente celtibérica. A cabeleira espessa e bem cuidada, que indicava visitas pontuais de um barbeiro, se repartia elegantemente acima da fronte alta. Tudo nele dava a impressão de inteligência aguda, origem nobre e educação privilegiada.

Não obstante, ao deparar com o Dr. Muñoz naquela rajada de ar gelado, senti uma repugnância que nada, em seu aspecto, poderia justificar. Somente sua tez, que tendia à lividez, e a frieza de sua mão poderiam ter fornecido uma base física para essa sensação, mas mesmo essas coisas poderiam ter sido relevadas, considerando a evidente invalidez do homem. Pode ter sido, também, aquele frio singular que me deixou indisposto, pois semelhante algidez era anormal num dia tão quente, e o que é anormal provoca sempre aversão, suspeita, e medo.

Mas a repulsa logo se desfez em admiração, assim que a extrema perícia daquele estranho médico se manifestou plenamente, a despeito da gelidez e do tremor de suas mãos, que pareciam não ter uma gota de sangue. Ele compreendeu minhas necessidades num simples olhar, e atendeu-as com destreza de mestre; enquanto isso, ele me assegurava, com voz harmoniosamente modulada, embora estranhamente oca e sem timbre, que era o mais ferrenho dos inimigos da morte, e que tinha dissipado sua fortuna e perdido todos os seus amigos numa vida inteira de experiências insólitas, devotadas à contenção e extirpação desse mal. Parecia haver nele algo de fanático benevolente, e ele falava sem nexo, quase alacremente, enquanto auscultava meu peito e preparava uma conveniente poção de drogas que foi buscar no pequeno quarto-laboratório. Evidentemente, ter a companhia de uma pessoa bem--nascida era uma rara novidade naquele ambiente sombrio, e ele foi levado a um desacostumado discurso, tomado por lembranças de dias melhores.

Sua voz, embora estranha, era ao menos tranquilizadora; e eu não podia nem mesmo perceber o som de sua respiração enquanto ele rolava frases fluentemente, com toda a polidez. Ele procurava abstrair minha mente de meu estado físico, falando de suas teorias e experiências. Lembro que buscou me consolar, com muito tato, da debilidade de meu coração, afirmando que a vontade e a consciência são mais fortes que a própria vida orgânica, de modo que, se uma organização física for em princípio saudável e cuidadosamente preservada, pode ser que, com um realce científico dessas qualidades, venha a reter uma espécie de animação nervosa, a despeito das mais sérias lesões, defeitos ou mesmo ausências no conjunto de órgãos específicos. Meio brincando, ele me disse que, algum dia, poderia me ensinar a viver – ou pelo menos manter algum tipo de vida consciente – sem ter nem mesmo o coração! Quanto a ele, sofria de uma série de enfermidades, que requeriam um regime muito preciso, que incluía o frio constante. Qualquer elevação acentuada da temperatura poderia, se fosse prolongada, afetá-lo de maneira fatal; e a frialdade de seus aposentos, por volta de 13 ºC, era mantida por um sistema absorvente de refrigeração a amônia. As bombas eram acionadas pelo motor a gasolina que eu sempre ouvia lá embaixo, no meu quarto.

Aliviado de minha crise num tempo maravilhosamente curto, deixei aquele aposento gélido como um discípulo e devoto daquele talentoso recluso. Depois disso, eu lhe fiz várias visitas, muito bem agasalhado. Eu o ouvia falar de pesquisas secretas e resultados quase assustadores, e estremecia um pouco ao examinar os livros incomuns e incrivelmente antigos em suas estantes. De resto, devo acrescentar, fiquei quase curado de vez de minha doença, graças a seu tratamento tão habilidoso. Parece que ele não desdenhava os encantamentos dos medievalistas, uma vez que acreditava que essas fórmulas crípticas continham raros estímulos psicológicos que, concebivelmente, poderiam ter efeitos singulares na substância de um sistema nervoso do qual as pulsações orgânicas tivessem desaparecido. Fiquei comovido com seu relato sobre o idoso Dr. Torres, de Valência, que havia compartilhado com ele suas primeiras experiências, e que tinha cuidado dele durante a grave doença que tivera dezoito anos antes, da qual provinham seus presentes males. Mal havia o venerável clínico salvado seu colega, quando ele mesmo sucumbiu ante o terrível inimigo que combatera. Talvez o esforço tivesse sido muito grande; o Dr. Muñoz deixou claro por sussurros (embora sem dar detalhes) que os métodos de cura tinham sido os mais extraordinários, envolvendo cenas e processos que não contavam com a aprovação de médicos mais idosos e conservadores.

Com o passar das semanas, observei com desgosto que meu novo amigo estava de fato, lenta mas inegavelmente, perdendo sua força vital, como a Sra. Herrero tinha sugerido. O aspecto lívido de suas feições tinha se intensificado, sua voz tornou-se mais oca e indistinta, seus movimentos musculares eram menos coordenados, sua mente e sua vontade mostravam menor resistência e iniciativa. Ele não parecia alheio, de modo algum, a essa triste mudança, e pouco a pouco sua expressão e sua conversa foram assumindo uma horrível ironia, o que restaurou em mim algo daquela repulsa sutil que eu havia sentido inicialmente.

Ele foi revelando estranhos caprichos, afeiçoando-se a especiarias exóticas e incenso egípcio, até que seu quarto cheirava como a cripta de um faraó sepultado no Vale dos Reis[1]. Ao mesmo tempo, aumentou sua necessidade de ar frio, e com meu auxílio ele ampliou a tubulação de amônia de seu quarto e modificou o sistema de bombas e alimentação de sua máquina de refrigeração, até poder manter a temperatura entre 1 e 4,5 °C e, finalmente, por volta de menos 2 °C. Claro que o banheiro e o laboratório eram menos frios, para que a água não se congelasse, e os processos químicos não fossem prejudicados. O inquilino do quarto ao lado reclamou do ar gelado que penetrava pela porta de ligação, então eu ajudei o Dr. Muñoz a instalar pesados reposteiros para amenizar o problema. Uma espécie de horror crescente, de natureza bizarra e mórbida, parecia possuí-lo. Ele falava da morte sem cessar, mas ria caverno-

---

1 Vale montanhoso localizado na margem esquerda do rio Nilo, onde foram construídas inúmeras tumbas para os faraós e a alta nobreza do Antigo Egito. *(N.E.)*

samente quando coisas como enterro ou providências funerárias eram delicadamente sugeridas.

De toda maneira, ele tornou-se uma companhia desconcertante e até repulsiva. Ainda que, por gratidão pelo fato de haver me curado, eu não pudesse abandoná-lo aos estranhos que o rodeavam, e cuidava de espanar seu quarto e atender às suas necessidades a cada dia, envolto num pesado sobretudo que tinha comprado especialmente para esse fim. Do mesmo modo, eu fazia grande parte de suas compras, e ficava pasmo com alguns dos produtos químicos que ele encomendava a farmacêuticos e fornecedores de laboratórios.

Uma crescente e inexplicada atmosfera de pânico parecia apossar-se de seu apartamento. A casa inteira, como eu já disse, cheirava a bolor; mas o odor em seu quarto era pior – apesar de todas as especiarias e do incenso, e dos irritantes produtos químicos de seus agora contínuos banhos, que ele insistia em tomar sem ajuda. Percebi que o cheiro deveria estar ligado à sua doença, e tive um arrepio ao pensar sobre qual poderia ser. A Sra. Herrero fazia o sinal da cruz quando o via, e entregou-o inteiramente aos meus cuidados, sem nem mesmo permitir que seu filho Esteban continuasse a lhe prestar serviços. Quando eu sugeria chamar outros médicos, o enfermo entregava-se a um acesso de fúria tão grande quanto se atrevia a experimentar. Ele temia, evidentemente, o efeito físico da emoção violenta, ainda que sua vontade e sua disposição antes aumentassem do que diminuíssem, e se recusava a ficar confinado à cama. A frouxidão dos primeiros dias de sua doença deu lugar ao retorno de sua ardorosa determinação, de modo que ele parecia pronto a lançar desafios ao rosto do demônio da morte, mesmo no momento em que esse antigo inimigo se apoderasse dele.

A simulação de comer, que curiosamente sempre fora uma formalidade para ele, foi praticamente abandonada; e apenas o poder da mente parecia preservá-lo do colapso total.

Ele adquiriu o hábito de escrever longos documentos de algum tipo, que lacrava cuidadosamente, e me fazia muitas recomendações para que os transmitisse, depois de sua morte, a certas pessoas que nomeava – em sua maioria, letrados das Índias Orientais, mas entre os quais havia um médico francês muito famoso antigamente, hoje em geral tido por morto, e a respeito de quem tinham sido murmuradas as coisas mais inconcebíveis. O que aconteceu é que queimei todos esses papéis, sem entregá-los nem abri-los. Seu aspecto e sua voz se tornaram absolutamente assustadores, e sua presença, quase insuportável.

Num dia de setembro, ao vê-lo de repente, um homem que viera consertar sua luminária de mesa sofreu um ataque epiléptico, para o qual o doutor prescreveu uma medicação efetiva, enquanto se mantinha convenientemente fora de vista. Aquele homem, estranhamente, tinha passado pelos terrores da Grande Guerra sem ter sofrido semelhante choque.

Então, em meados de outubro, o horror dos horrores sobreveio de modo súbito e estupefaciente. Uma noite, perto das onze horas, a bomba da máquina de refrigeração quebrou-se, de modo que, dentro de três horas, o processo de resfriamento por amônia tornou-se impossível.

O Dr. Muñoz me convocou, batendo com os pés no assoalho, e eu trabalhei desesperadamente para reparar o dano, enquanto meu anfitrião praguejava num sopro tão oco, sem vida e aflito, que é impossível de descrever. Contudo, meus esforços de amador de nada adiantaram; e, quando fui buscar um mecânico de uma oficina próxima, que funcionava a noite toda, ficamos sabendo que nada podia ser feito até de manhã, quando um novo pistão teria que ser instalado. A ira e o medo do ermitão moribundo, crescendo em proporções grotescas, pareciam a ponto de despedaçar o que restava de seu físico fragílimo, e um súbito espasmo fez com que ele cobrisse os olhos com as mãos e corresse para o banheiro. Ele tateou o caminho de volta com o rosto envolvido em bandagens, e nunca mais vi seus olhos novamente.

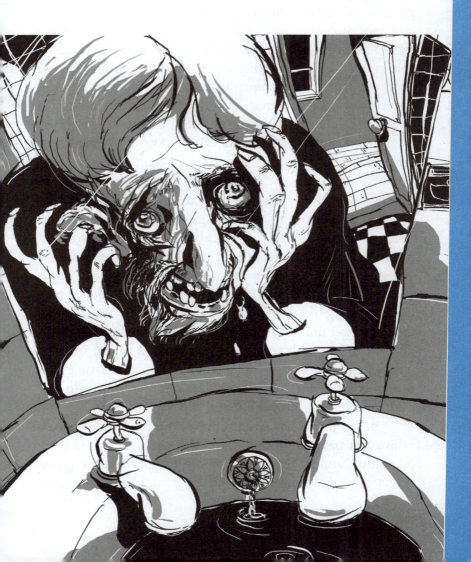

A gelidez do apartamento agora diminuía sensivelmente, e às cinco da manhã o doutor retirou-se para o banheiro, ordenando-me que o mantivesse abastecido com todo o gelo que pudesse obter em farmácias e bares. Ao retornar de minhas excursões, às vezes desanimadoras, e deitar minha pilhagem junto à porta fechada do banheiro, eu podia ouvir um constante chapinhar de água lá dentro, e uma voz grossa engrolando: "Mais... mais!".

Logo raiou um dia quente, e as lojas se abriram uma a uma. Pedi a Esteban que ajudasse com o abastecimento de gelo enquanto eu ia comprar o pistão da bomba, ou que fosse encomendar o pistão enquanto eu continuava a trazer gelo. Porém, instruído pela mãe, ele se recusou terminantemente.

Por fim, contratei um vagabundo de aspecto miserável, que encontrei na esquina da Oitava Avenida, para manter o paciente suprido de gelo obtido numa pequena loja, onde eu o apresentei, e me apliquei diligentemente à tarefa de encontrar um pistão de bomba e recrutar trabalhadores capazes para instalar o equipamento. A tarefa parecia quase interminável, e eu me enfureci quase tão violentamente quanto o ermitão ao ver as horas fugindo numa sucessão infatigável e improdutiva de telefonemas em vão, e uma busca febril de um lugar para outro, indo daqui para ali de metrô e de transporte de superfície. Perto do meio-dia encontrei um fornecedor adequado, numa rua distante, no centro da cidade, e aproximadamente à uma e meia da tarde cheguei à pensão com a parafernália necessária e dois mecânicos fortes e inteligentes. Eu tinha feito tudo o que podia, e esperava chegar a tempo.

O negro terror, entretanto, havia me precedido. A casa estava um pandemônio, e acima das vozes aterradas pude ouvir um homem rezando com voz profundamente grave. Havia algo de diabólico no ar, e os inquilinos rezavam, rolando as contas de seus rosários, à medida que sentiam o odor que escapava por baixo da porta fechada do médico.

O vagabundo que eu havia contratado, ao que parece, tinha fugido aos gritos, com os olhos exorbitados, pouco depois de sua segunda entrega de gelo, talvez como resultado de curiosidade excessiva. Ele não poderia, é claro, ter fechado a porta atrás de si; no entanto, agora estava fechada, presumivelmente, por dentro. Não se ouvia som algum lá dentro, exceto por um estranho tipo de gotejar, denso e lento.

Depois de consultar a Sra. Herrero e os trabalhadores, a despeito do medo que atormentava minha alma, eu sugeri arrombar a porta; porém, a senhoria achou um jeito de girar a chave pelo lado de fora, usando um pedaço de arame. Nós já tínhamos aberto todas as portas dos outros quartos do corredor, e escancaramos todas as janelas, até o alto. Agora, protegendo o nariz com lenço, invadimos, trêmulos, o quarto amaldiçoado, que refulgia com o sol quente do começo da tarde.

Uma espécie de trilha lodosa e escura partia da porta aberta do banheiro até a porta do corredor, e daí até a mesa, onde uma horrenda pocinha tinha se acumulado. Havia alguma coisa rabiscada a lápis, como os garranchos de um cego, num pedaço de papel nojentamente lambuzado, ao que parece, pelas próprias garras que tinham traçado aquelas apressadas e derradeiras palavras. Depois a trilha levava até o sofá, e terminava de modo indescritível.

O que estava, ou tinha estado, sobre o sofá, eu não posso e não ouso dizer aqui. Mas isto é o que eu, arrepiado, decifrei no papel pegajosamente lambuzado, antes de riscar um fósforo e transformá-lo em cinzas; o que decifrei, aterrorizado, enquanto a senhoria e os dois mecânicos fugiam freneticamente daquele lugar infernal para ir gaguejar suas histórias incoerentes na delegacia mais próxima. As palavras nauseantes pareciam quase inacreditáveis naquele resplendor amarelo de sol, com o estrépito de automóveis e caminhões elevando-se clangorosamente da congestionada Rua 14; no entanto, confesso que acreditei nelas, naquele momento. Se acredito nelas agora, honestamente, não sei dizer. Existem coisas a respeito das quais é melhor não especular, e tudo o que posso dizer é que detesto o cheiro de amônia, e me sinto desfalecer ante uma rajada de ar inusitadamente frio.

"O fim chegou", dizia aquele rabisco fétido. "Não virá mais gelo – o homem olhou e fugiu. Está cada vez mais quente, e os tecidos não poderão durar mais. Imagino que você saiba – o que eu disse sobre a vontade, os nervos e o corpo preservado depois que os órgãos parassem de funcionar. Era uma boa teoria, mas não podia ser sustentada indefinidamente. Houve uma deterioração gradual, que eu não tinha previsto. O Dr. Torres sabia, mas o choque o matou. Ele não pôde suportar o que teria que fazer: tinha que me manter num lugar estranho e escuro, mas levou em conta a minha carta e cuidou de me trazer de volta. E os órgãos nunca voltariam a funcionar de novo. Tinha que ser feito do meu modo – preservação –, pois, você vê, eu morri naquela época, dezoito anos atrás."

Tradução de Luiz Roberto Guedes

H. P. Lovecraft

viveu entre 1890 e 1937. Ao lado do também norte-americano Edgar Allan Poe, é considerado o grande mestre das histórias de terror. Desde criança Howard Phillips foi tido como uma pessoa estranha, de imaginação delirante e com propensão para o lúgubre. De personalidade introvertida, foi um escritor compulsivo de cartas, tendo escrito ao longo da vida mais de cem mil.
O conto "Vento frio" foi publicado em 1928.

O capitão Mendonça
Machado de Assis

Uma noite no teatro culmina num encontro assombroso com um velho capitão que aparenta ter um parafuso a menos! Esse homem excêntrico exibe poderes fenomenais – como o de fazer diamantes, transformar um sujeito comum em gênio – e tem uma filha tão formosa, que é a perfeição em pessoa. Enquanto mergulha o leitor, cada vez mais, no território do fantástico, Machado de Assis menciona de passagem um conto sobre um alquimista que teria sido capaz de produzir pessoas. Entre nesse casarão da Rua da Guarda Velha e deixe o Bruxo do Cosme Velho conduzir você, piscando um olho, à "região dos sonhos e do desconhecido".

Estando um pouco arrufado com a dama dos meus pensamentos, achei-me eu uma noite sem destino nem vontade de preencher o tempo alegremente, como convém em tais situações. Não queria ir para casa porque seria entrar em luta com a solidão e a reflexão, duas senhoras que se encarregam de pôr termo a todos os arrufos amorosos.

Havia espetáculo no Teatro de S. Pedro. Não quis saber que peça se representava; entrei, comprei uma cadeira e fui tomar conta dela, justamente quando se levantava o pano para começar o primeiro ato. O ato prometia; começava por um homicídio e acabava por um juramento. Havia uma menina, que não conhecia pai nem mãe, e era arrebatada por um embuçado que eu suspeitei ser a mãe ou o pai da menina. Falava-se vagamente de um marquês incógnito, e aparecia a orelha de um segundo e próximo assassinato na pessoa de uma condessa velha. O ato acabou com muitas palmas.

Apenas caiu o pano houve a balbúrdia do costume; os espectadores marcavam as cadeiras e saíam para tomar ar. Eu, que felizmente estava em lugar onde não podia ser incomodado, estendi as pernas e entrei a olhar para o pano da boca, no qual, sem esforço da minha parte, apareceu a minha arrufada senhora com os punhos fechados e ameaçando-me com olhos furiosos.

— Que lhe parece a peça, sr. Amaral?

Voltei-me para o lado de onde ouvira proferir o meu nome. Estava à minha esquerda um sujeito, já velho, vestido com uma sobrecasaca militar, e sorrindo amavelmente para mim.

— Admira-se de lhe saber o nome? perguntou o sujeito.

— Com efeito, respondi eu; não me lembro de o ter visto...

— A mim nunca me viu; cheguei ontem do Rio Grande do Sul. Também eu nunca o tinha visto, e no entanto conheci-o logo.

– Adivinho, respondi; dizem-me que me pareço muito com meu pai. Conheceu-o, não?

– Pudera! Fomos companheiros d'armas. O coronel Amaral e o capitão Mendonça passavam no exército por ser a imagem da perfeita amizade.

– Agora me recordo de que meu pai me falava muito no capitão Mendonça.

– Sou eu.

– Falava-me com muito interesse; dizia que era o seu melhor e mais fiel amigo.

– Era injusto o coronel, disse o capitão abrindo a caixa de rapé, eu fui mais do que isso, fui o único amigo fiel que ele teve. Mas seu pai era cauteloso, talvez não quisesse ofender ninguém. Era um tanto fraco seu pai; a única rixa que tivemos foi por eu uma noite chamar-lhe tolo. O coronel reagiu, mas convenceu-se finalmente... Quer uma pitada?

– Obrigado.

Admirou-me que o mais fiel amigo de meu pai tratasse tão desdenhosamente a sua memória, e entrei logo a suspeitar da amizade que os ligara no exército. Confirmou-me esta suspeita a lembrança de que meu pai, quando falava no capitão Mendonça, dizia ser um excelente homem... com uma aduela de menos.

Contemplei o capitão enquanto ele sorvia a pitada e sacudia com o lenço a camisa ligeiramente maculada por um clássico e legítimo pingo. Era um homem de boa presença, gesto militar, olhar um tanto vago, barba de fonte a fonte, passando por baixo do queixo, como convém a um militar que se respeita. A roupa era toda nova, e o velho capitão mostrava estar acima das necessidades da vida.

A expressão da cara não era má; mas o olhar vago e as sobrancelhas espessas e salientes transtornavam o rosto.

Conversamos do passado; o capitão contou-me a campanha contra Rosas[1], e a parte que nela tomou com meu pai. A sua conversa era animada e pitoresca; lembrava-se de muitos episódios, entremeava tudo com anedotas engraçadas.

Ao cabo de vinte minutos o público começou a inquietar-se com a extensão do intervalo e a orquestra dos tacões executou a sinfonia do desespero.

Justamente nesse momento veio um sujeito chamar o capitão para ir a um camarote. O capitão quis adiar a visita para outro intervalo, mas, instando o sujeito, cedeu e apertou-me a mão dizendo:

— Até já.

Fiquei outra vez só; os tacões cederam lugar às rabecas, e ao cabo de alguns minutos começou o segundo ato.

Como aquilo para mim não era distração nem ocupação, acomodei-me o melhor que pude na cadeira e cerrei os olhos ouvindo um monólogo do protagonista, que cortava o coração e a gramática.

Não tardou que fosse despertado pela voz do capitão. Abri os olhos e vi-o de pé.

— Quer saber de uma coisa? perguntou ele. Eu vou cear; acompanha-me?

— Não posso, queira desculpar-me, respondi.

— Não admito desculpa; faça de conta que eu sou o coronel e digo: Pequeno, vamos cear!

— Mas é que eu espero...

— Não espera ninguém!

---

1 Confronto, ocorrido em 1851-1852, com o exército do sanguinário estadista argentino Juan Manuel Rosas, que provocara o Brasil inúmeras vezes. Derrotado pela aliança entre províncias do norte da Argentina, o Uruguai e o Brasil, Rosas teve de fugir para a Europa. *(N.E.)*

O diálogo provocou alguns murmúrios à roda de nós. Vendo a disposição anfitriônica do capitão, achei prudente acompanhá-lo para não dar lugar a uma manifestação pública.

Saímos.

– Cear a esta hora, disse o capitão, não é próprio de um rapaz como o senhor; mas eu cá sou velho e militar.

Não repliquei.

A falar verdade eu não tinha preferência pelo teatro nem por coisa nenhuma; queria passar o tempo. Conquanto não me arrastasse nenhuma simpatia para o capitão, a maneira por que me tratava e a circunstância de ter sido companheiro d'armas de meu pai faziam com que a companhia dele fosse naquele momento mais aceitável que a de outro qualquer.

Além destas razões todas, a vida que eu levava era tão monótona que a diversão do capitão Mendonça devia encher uma boa página com matéria nova. Digo a diversão do capitão Mendonça, porque o meu companheiro tinha não sei que no gesto e nos olhos que me parecia excêntrico e original. Encontrar um original ao meio de tantas cópias de que anda farta a vida humana, não é uma fortuna?

Acompanhei, portanto, o meu capitão, que continuou a falar durante o caminho todo, arrancando-me apenas de longe em longe um monossílabo.

No fim de algum tempo paramos defronte de uma casa velha e escura.

– Vamos entrar, disse Mendonça.

– Que rua é esta? perguntei eu.

– Pois não sabe? Oh! como anda com a cabeça a juros! Esta é a Rua da Guarda Velha.

– Ah!

O velho bateu três pancadas; daí a alguns segundos rangia a porta nos gonzos e nós entrávamos num corredor escuro e úmido.

— Então não trouxeste luz? perguntou Mendonça a alguém que eu não via.

— Vim com pressa.

— Bem; fecha a porta. Dê cá a mão, sr. Amaral; esta entrada é um pouco esquisita, mas lá em cima estaremos melhor.

Dei-lhe a mão.

– Está trêmula, observou o capitão Mendonça.

Eu tremia, com efeito; pela primeira vez surgiu-me no espírito a suspeita de que o pretendido amigo de meu pai não fosse mais que um ladrão, e aquilo uma ratoeira armada aos néscios.

Mas era tarde para retroceder; qualquer demonstração de medo seria pior. Por isso, respondi alegremente:

– Se lhe parecer que não há de tremer quem entre por um corredor como este, o qual, haja de perdoar, parece o corredor do inferno.

– Quase acertou, disse o capitão, guiando-me pela escada acima.

– Quase?

– Sim; não é o inferno, mas é o purgatório.

Estremeci ao ouvir estas últimas palavras; todo o meu sangue precipitou-se para o coração, que começou a bater apressado. A singularidade da figura do capitão, a singularidade da casa, tudo se acumulava para encher-me de terror. Felizmente chegamos acima e entramos para uma sala iluminada a gás e mobiliada como todas as casas deste mundo.

Para gracejar e conservar toda a independência do meu espírito, disse sorrindo:

– Está feito, o purgatório tem boa cara; em vez de caldeiras tem sofás.

– Meu rico senhor, respondeu o capitão, olhando fixamente para mim, coisa que pela primeira vez acontecia, porque o seu olhar era sempre vesgo; meu rico senhor, se pensa que desse modo arranca o meu segredo está muito enganado. Convidei-o para cear; contente-se com isto.

Não respondi; as palavras do capitão desvaneceram as minhas suspeitas acerca da intenção com que ele ali me trouxera, mas criaram outras impressões; suspeitei que o capitão estivesse doido; e o menor incidente confirmava-me a suspeita.

— Moleque!, disse o capitão; e, quando o moleque apareceu, continuou: prepara a ceia; tira vinho da caixa nº 25; vai; quero tudo pronto em um quarto de hora.

O moleque foi executar as ordens de Mendonça. Este, voltando-se para mim, disse:

— Sente-se e leia alguns destes livros. Vou mudar de roupa.

— Não volta ao teatro? perguntei eu.

— Não.

II

Poucos minutos depois caminhávamos para a sala de jantar, que ficava nos fundos da casa. A ceia era farta e apetitosa; no centro campeava um soberbo assado frio; pastelinhos, doces, velhas botelhas de vinho completavam a ceia do capitão.

— É um banquete, disse eu.

— Qual! é uma ceia ordinária... não vale nada.

Havia três cadeiras.

— Sente-se aqui, disse-me ele indicando a do meio, e sentando-se ele próprio na que ficava à minha esquerda. Compreendi que havia mais um conviva, mas não perguntei. Também não era preciso; daí a poucos segundos saía de uma porta em frente uma moça alta e pálida, que me cumprimentou e se dirigiu para a cadeira que ficava à minha direita.

Levantei-me e fui apresentado pelo capitão à menina, que era filha dele e acudia ao nome de Augusta.

Confesso que a presença da moça me tranquilizou um pouco. Não só deixara de estar a sós com um homem tão singular como o capitão Mendonça, mas também a presença da moça naquela casa indicava que o capitão, se era doido como eu suspeitava, era ao menos um doido manso.

Tratei de ser amável com a minha vizinha, enquanto o capitão trinchava o peixe com uma habilidade e destreza que bem indicavam a sua proficiência nos misteres da boca.

– Devemos ser amigos, disse eu a Augusta, pois que nossos pais o foram também.

Augusta levantou para mim dois belíssimos olhos verdes. Depois sorriu e abaixou a cabeça com ar de casquilhice ou de modéstia, porque ambas as coisas podiam ser. Contemplei-a nessa posição; era uma formosa cabeça, perfeitamente modelada, um perfil correto, uma pele fina, cílios longos, e cabelos cor de ouro, áurea coma, como os poetas dizem do sol.

Durante esse tempo Mendonça tinha concluído a tarefa; e começava a servir-nos. Augusta brincava com a faca, talvez para mostrar-me a finura da mão e o torneado do braço.

– Estás muda, Augusta? perguntou o capitão servindo-a de peixe.

– Qual, papai! Estou triste.

– Triste? Então que tens?

– Não sei; estou triste sem causa.

Tristeza sem causa traduz-se muitas vezes por aborrecimento. Eu traduzi assim o dito da moça, e senti-me ferido no meu amor-próprio, aliás sem razão fundada. Para alegrar a moça tratei de alegrar a situação. Esqueci o estado do espírito do pai, que me parecia profundamente abalado, e entrei a conversar como se estivesse entre amigos velhos.

Augusta pareceu gostar da conversa; o capitão também entrou a rir como um homem de juízo; eu estava num dos meus melhores dias; acudiam-me os ditos engenhosos e as observações de algum chiste. Filho do século, sacrifiquei ao trocadilho, com tal felicidade que inspirei o desejo de ser imitado pela moça e pelo pai.

Quando a ceia acabou reinava entre nós a maior intimidade.

– Quer voltar ao teatro? perguntou-me o capitão.

– Qual! respondi.

– Quer dizer que prefere a nossa companhia, ou antes... a companhia de Augusta.

Esta franqueza do velho pareceu-me um pouco indiscreta. Estou certo de que fiquei rubro. Não aconteceu o mesmo a Augusta, que sorriu dizendo:

– Se assim é, não lhe devo nada, porque eu também prefiro agora a sua companhia ao melhor espetáculo deste mundo.

A franqueza de Augusta admirou-me ainda mais que a de Mendonça. Mas não era fácil mergulhar-me em reflexões profundas quando os belos olhos verdes da moça estavam pregados nos meus, parecendo dizer-me:

– Seja amável como até agora.

– Vamos para a outra sala, disse o capitão levantando-se.

Fizemos o mesmo. Dei o braço a Augusta, enquanto o capitão nos guiava para outra sala, que não era a de visitas. Sentamo-nos, menos o velho, que foi acender um cigarro numa das velas do candelabro, enquanto eu lançava um olhar rápido pela sala, que me pareceu de todo ponto estranha. A mobília era antiga, não só no molde, senão também na idade. No centro havia uma mesa redonda, grande, coberta com um tapete verde. Numa das paredes havia pendurados alguns animais empalhados. Na parede fronteira a essa havia apenas uma coruja, também empalhada, e com olhos de vidro verde, que, apesar de fixos, pareciam acompanhar todos os movimentos que a gente fazia.

Aqui voltaram os meus sustos. Olhei, entretanto, para Augusta, e esta olhou para mim. Aquela moça era o único laço que havia entre mim e o mundo, porque tudo naquela casa me parecia realmente fantástico; e eu já não duvidava do caráter purgatorial que me fora indicado pelo capitão.

Estivemos silenciosos alguns minutos; o capitão fumava o cigarro passeando com as mãos atrás das costas, posição que pode indicar a meditação de um filósofo ou a taciturnidade de um néscio. De repente parou defronte de nós, sorriu, e perguntou-me:

— Não acha formosa esta pequena?

— Formosíssima, respondi.

— Que lindos olhos, não são?

— Lindíssimos, com efeito, e raros.

— Faz-me honra esta produção, não?

Respondi com um sorriso aprovador. Quanto a Augusta, limitou-se a dizer com adorável simplicidade:

— Papai é mais vaidoso do que eu; gosta de ouvir dizer que sou bonita. Quem não sabe disso?

— Há de notar, disse-me o capitão sentando-se, que esta pequena é franca demais para o seu sexo e idade...

— Não lhe acho defeito...

— Nada de evasivas; a verdade é essa. Augusta não se parece com as outras moças que pensam muito bem de si, mas sorriem quando lhes fazem algum cumprimento, e franzem o sobrolho quando não lhos fazem.

— Direi que é uma adorável exceção, respondi eu sorrindo para a moça, que me agradeceu sorrindo também.

— Isso é, disse o pai; mas exceção completa.

— Uma educação racional, continuei eu, pode muito bem...

— Não só a educação, tornou Mendonça, mas até a origem. A origem é tudo, ou quase tudo.

Não entendi o que queria dizer o homem. Augusta parece que entendeu, porque entrou a olhar para o teto sorrindo maliciosamente. Olhei para o capitão; o capitão olhava para a coruja.

Reanimou-se a conversa por espaço de alguns minutos, ao cabo dos quais o capitão, que parecia ter uma ideia fixa, perguntou-me:

— Então acha esses olhos bonitos?

— Já lho disse; são tão formosos quanto raros.

— Quer que lhos dê? perguntou o velho.

Inclinei-me dizendo:

— Seria muito feliz em possuir tão raras prendas; mas...

— Nada de cerimônias; se quer, dou-lhos; senão, limito--me a mostrar-lhos.

Dizendo isto, levantou-se o capitão e aproximou-se de Augusta, que inclinou a cabeça sobre as mãos dele. O velho fez um pequeno movimento, a moça ergueu a cabeça, o velho apresentou-me nas mãos os dois belos olhos da moça.

Olhei para Augusta. Era horrível. Tinha no lugar dos olhos dois grandes buracos como uma caveira. Desisto de descrever o que senti; não pude dar um grito; fiquei gelado. A cabeça da moça era o que mais hediondo pode criar a imaginação humana; imaginem uma caveira viva, falando, sorrindo, fitando em mim os dois buracos vazios, onde pouco antes nadavam os mais belos olhos do mundo. Os buracos pareciam ver-me; a moça contemplava o meu espanto com um sorriso angélico.

— Veja-os de perto, dizia o velho diante de mim; palpe-os; diga-me se já viu obra tão perfeita.

Que faria eu senão obedecer-lhe? Olhei para os olhos que o velho tinha na mão. Aqui foi pior; os dois olhos estavam fitos em mim, pareciam compreender-me tanto quanto os buracos vazios do rosto da moça; separados do rosto, não os abandonara a vida; a retina tinha a mesma luz e os mesmos reflexos. Daquele modo as duas mãos do velho olhavam para mim como se foram um rosto.

Não sei que tempo se passou; o capitão tornou a aproximar-se de Augusta; esta abaixou a cabeça, e o velho introduziu os olhos no seu lugar. Era horrível tudo aquilo.

— Está pálido! disse Augusta, obrigando-me a olhar para ela, já restituída ao estado anterior.

— É natural... balbuciei eu; vejo coisas...

— Incríveis? perguntou o capitão esfregando as mãos.

— Efetivamente, incríveis, respondi; não pensava...

— Isto é nada! exclamou o capitão; e eu folgo muito que ache incríveis essas coisas poucas que viu, porque é sinal de que eu vou fazer pasmar o mundo.

Tirei o lenço para limpar o suor que me caía em bagas. Durante esse tempo Augusta levantou-se e saiu da sala.

— Vê a graça com que ela anda? perguntou o capitão. Aquilo tudo é obra minha... é obra do meu gabinete.

— Ah!

— É verdade; é por ora a minha obra-prima; e creio que não há que dizer-lhe; pelo menos o senhor parece estar encantado...

Curvei a cabeça em sinal de assentimento. Que faria eu, pobre mortal sem força, contra um homem e uma rapariga que me pareciam dispor de forças desconhecidas aos homens?

Todo o meu empenho era sair daquela casa; mas por maneira que os não molestasse. Desejava que as horas tivessem asas; mas é nas crises terríveis que elas correm fatalmente lentas. Dei ao diabo os meus arrufos, que foram a causa do encontro com semelhante sujeito.

Parece que o capitão adivinhara aquelas minhas reflexões, porque continuou, depois de algum silêncio:

— Deve estar encantado, ainda que um tanto assustado e arrependido da sua condescendência. Mas isso é puerilidade; nada perdeu em vir aqui, antes ganhou; fica sabendo coisas que só mais tarde saberá o mundo. Não lhe parece melhor?

— Parece, respondi sem saber o que dizia.

O capitão continuou:

— Augusta é a minha obra-prima. É um produto químico; gastei três anos para dar ao mundo aquele milagre; mas a perseverança vence tudo, e eu sou dotado de um caráter tenaz. Os primeiros ensaios foram maus; três vezes saiu a pequena dos meus alambiques, sempre imperfeita. A quarta foi esforço de ciência. Quando aquela perfeição apareceu, caí-lhe aos pés. O criador admirava a criatura!

Parece que eu tinha pintado o pasmo nos olhos, porque o velho disse:

— Vejo que se espanta de tudo isto, e acho natural. Que poderia o senhor saber de semelhante coisa?

Levantou-se, deu alguns passos, e sentou-se outra vez. Nesse momento entrou o moleque trazendo café.

A presença do moleque fez-me criar alma nova; imaginei que fosse ali dentro a única criatura verdadeiramente humana com quem me pudesse entender. Entrei a fazer-lhe sinais, mas não consegui ser entendido. O moleque saiu, e fiquei a sós com o meu interlocutor.

— Beba o seu café, meu amigo, disse-me ele, vendo que eu hesitava, não por medo, mas porque realmente não tinha vontade de tomar coisa nenhuma.

Obedeci como pude.

III

Augusta tornou à sala.

O velho voltou-se para contemplá-la; nenhum pai olhou ainda para sua filha com mais amor do que aquele. Via-se bem que o amor era realçado pelo orgulho; havia no olhar do capitão uma certa altivez que em geral não acompanha a ternura paterna.

Não era um pai, era um autor.

Quanto à moça, parecia também orgulhosa de si. Sentia bem quanto o pai a admirava. Conhecia que todo o orgulho do velho estava nela, e por compensação todo o orgulho dela estava no autor dos seus dias. Se a *Odisseia* tivesse a mesma forma, teria o mesmo sentir, quando Homero[2] a contemplasse.

Coisa singular! Impressionava-me aquela mulher, apesar da sua origem misteriosa e diabólica; eu sentia ao pé dela uma sensação nova, que não sei se era amor, se admiração, se fatal simpatia.

Quando fitava os olhos dela dificilmente podia afastar os meus, e contudo já tinha visto os seus lindíssimos olhos nas mãos do pai, já tinha contemplado com terror os buracos vazios como os olhos da morte.

Ainda que lentamente, adiantava-se a noite; ia amortecendo o ruído de fora; entrávamos no silêncio absoluto que tão tristemente quadrava com a sala em que me eu achava e os interlocutores com quem me entretinha.

Era natural retirar-me; levantei-me e pedi licença ao capitão para sair.

— Ainda é cedo, respondeu.

— Mas eu voltarei amanhã.

— Voltará amanhã e quando quiser; mas por hoje é cedo. Nem sempre se encontra um homem como eu; um irmão de Deus, um deus na terra, porque eu também posso criar como ele; e até melhor, porque eu fiz Augusta e ele nem sempre faz criaturas como esta. Os hotentotes[3], por exemplo...

— Mas, disse eu, tenho pessoas que me esperam...

---

2 Célebre poeta grego do século IX a.C. a quem se atribui a autoria de *Odisseia*, monumental poema épico que narra as viagens de Ulisses, depois da tomada de Troia, e o regresso do herói ao seu reino de Ítaca. *(N.E.)*

3 Povo do sudoeste africano. Receberam este nome – que significa "gago" – dos colonizadores holandeses, que os viam como selvagens inferiores. *(N.E.)*

— É possível, disse o capitão sorrindo, mas por agora não há de ir...

— Por que não? interrompeu Augusta. Acho que pode ir, com a condição de que volta amanhã.

— Voltarei.

— Jura-me?

— Juro.

Augusta estendeu-me a mão.

— Está dito! disse ela; mas se faltar...

— Morre, acrescentou o pai.

Senti um calafrio ao ouvir a última palavra de Mendonça. Entretanto, saí, despedindo-me o mais alegre e cordialmente que pude.

— Venha à noite, disse o capitão.

— Até amanhã, respondi.

Quando cheguei à rua respirei. Estava livre. Acabara-se-me aquela tortura que nunca havia imaginado. Apressei o passo e entrei em casa, meia hora depois.

Foi-me impossível conciliar o sono. A cada instante via o meu capitão com os olhos de Augusta nas mãos, e a imagem da moça flutuava entre o nevoeiro da minha imaginação como uma criatura de Ossian[4].

Quem era aquele homem e aquela menina? A menina era realmente um produto químico do velho? Ambos mo haviam afirmado, e até certo ponto tive a prova disso. Podia supô-los doidos, mas o episódio dos olhos desvanecia essa ideia. Estaria eu ainda no mundo dos vivos, ou começara já a entrar na região dos sonhos e do desconhecido?

---

4 Guerreiro lendário escocês do século III a quem o literato James Macpherson (1736-1796) atribuiu a autoria de poemas épicos em língua gaélica, que ele traduziu para o inglês e com os quais obteve enorme sucesso. Mais tarde se descobriu que se tratava de uma fraude literária: os poemas teriam sido forjados por Macpherson, que nunca apresentou os originais da tradução. *(N.E.)*

Só a fortaleza do meu espírito resistiu a tamanhas provas; outro, que fosse mais fraco, teria enlouquecido. E seria melhor. O que tornava a minha situação mais dolorosa e impossível de suportar era justamente a perfeita solidez da minha razão. Do conflito da minha razão com os meus sentidos resultava a tortura em que me eu achava; os meus olhos viam, a minha razão negava. Como conciliar aquela evidência com aquela incredulidade?

Não dormi. No dia seguinte saudei o sol como um amigo ansiosamente esperado. Vi que estava no meu quarto; o criado trouxe-me o almoço, que era todo composto de coisas deste mundo; cheguei à janela e dei com os olhos no edifício da câmara dos deputados; não tinha que ver mais; eu estava ainda na terra, e na terra estava ainda aquele maldito capitão e mais a filha.

Então refleti. Quem sabe se eu não podia conciliar tudo? Lembrei-me de todas as pretensões da química e da alquimia. Ocorreu-me um conto fantástico de Hoffmann[4] em que um alquimista pretende ter alcançado o segredo de produzir criaturas humanas. A criação romântica de ontem não podia ser a realidade de hoje? E se o capitão tinha razão não era para mim grande glória denunciá-lo ao mundo?

Há em todos os homens alguma coisa da mosca do carroção; confesso que, prevendo o triunfo do capitão, lembrei-me logo de ir agarrado às abas da sua imortalidade. Era difícil crer na obra do homem; mas quem acreditou em Galileu? Quantos não deixaram de crer em Colombo? A incredulidade de hoje é a sagração de amanhã.

A verdade desconhecida não deixa de ser verdade. É verdade por si mesma, não o é pelo consenso público.

---

5   E. T. A. Wilhelm Hoffmann (1776-1822), escritor alemão, autor do célebre conto "O homem de areia", publicado em 1817. *(N.E.)*

Ocorreu-me a imagem dessas estrelas que os astrônomos descobrem agora sem que elas tenham deixado de existir muitos séculos antes.

Razões de coronel ou razões de cabo de esquadra, o certo é que eu as dei a mim próprio e foi em virtude delas, não menos que pela fascinação do olhar da moça, que eu lá me apresentei em casa do capitão à Rua da Guarda Velha apenas anoiteceu.

O capitão estava à minha espera.

— Não saí de propósito, disse-me ele; contava que viesse, e queria dar-lhe o espetáculo de uma composição química. Trabalhei o dia todo para preparar os ingredientes.

Augusta recebeu-me com uma graça verdadeiramente adorável. Beijei-lhe a mão como se fazia antigamente às senhoras, costume que se trocou pelo aperto de mão, aliás, digno de um século grave.

— Tive saudades suas, disse-me ela.

— Sim?

— Aposto que as não teve de mim?

— Tive.

— Não acredito.

— Por quê?

— Porque eu não sou filha bastarda. Todas as outras mulheres são filhas bastardas, eu só posso gabar-me de ser filha legítima, porque sou filha da ciência e da vontade do homem.

Não me admirava menos a linguagem que a beleza de Augusta. Evidentemente era o pai quem lhe incutia semelhantes ideias. A teoria que ela acabava de expor era tão fantástica como o seu nascimento. O certo é que a atmosfera daquela casa já me punha no mesmo estado que os dois habitantes dela. Foi assim que alguns segundos depois repliquei:

— Conquanto eu admire a ciência do capitão, lembro-lhe que ainda assim ele não fez mais do que aplicar elementos da natureza à composição de um ente que até agora parecia excluído da ação dos reagentes químicos e dos instrumentos de laboratório.

– Tem razão até certo ponto, disse o capitão; mas acaso sou eu menos admirável?

– Pelo contrário; e nenhum mortal até hoje pode gabar-se de ter ombreado com o senhor.

Augusta sorriu agradecendo-me. Notei mentalmente o sorriso, e parece que a ideia transluziu no meu rosto, porque o capitão, sorrindo também, disse:

– A obra saiu perfeita, como vê, depois de muitos ensaios. O penúltimo ensaio era completo, mas faltava uma coisa à obra; e eu queria que ela saísse tão completa como a que o outro fez.

– Que lhe faltava então? perguntei eu.

– Não vê, continuou o capitão, como Augusta sorri de contente quando lhe fazem alguma alusão à beleza?

– É verdade.

– Pois bem, a penúltima Augusta que me saiu do laboratório não tinha isso; esquecera-me incutir-lhe a vaidade. A obra podia ficar assim, e estou que seria, aos olhos de muitos, mais perfeita do que esta. Mas eu não penso assim; o que eu queria era fazer uma obra igual à do outro. Por isso, reduzi outra vez tudo ao estado primitivo, e tratei de introduzir na massa geral uma dose maior de mercúrio.

Não creio que o meu rosto me traísse naquele momento; mas o meu espírito fez uma careta. Estava disposto a crer na origem química de Augusta, mas hesitava ouvindo os pormenores da composição.

O capitão continuou, olhando ora para mim, ora para a filha, que parecia extasiada ouvindo a narração do pai:

– Sabe que a química foi chamada pelos antigos, entre outros nomes, ciência de Hermes. Acho inútil lembrar-lhe

que Hermes é o nome grego de Mercúrio, e mercúrio é o nome de um corpo químico. Para introduzir na composição de uma criatura humana a consciência, deita-se no alambique uma onça de mercúrio. Para fazer a vaidade dobra-se a dose do mercúrio, porque a vaidade, segundo a minha opinião, não é mais que a irradiação da consciência; à contração da consciência chamo eu modéstia.

– Parece-lhe então, disse eu, que homem vaidoso é aquele que recebeu uma grande dose de mercúrio no seu organismo?

– Sem dúvida nenhuma. Nem pode ser outra coisa; o homem é um composto de moléculas e corpos químicos; quem os souber reunir tem alcançado tudo.

– Tudo?

– Tem razão; tudo, não; porque o grande segredo consiste em uma descoberta que eu fiz e constitui por assim dizer o princípio da vida. Isso é que há de morrer comigo.

– Por que não o declara antes para adiantamento da humanidade?

O capitão levantou os ombros desdenhosamente; foi a única resposta que obtive.

Augusta tinha-se levantado e foi ao piano tocar alguma coisa que me pareceu ser uma sonata alemã. Eu pedi licença ao capitão para fumar um charuto, enquanto o moleque veio receber ordens relativas ao chá.

IV

Acabado o chá, disse-me o capitão:

– Doutor, preparei hoje uma experiência em honra sua. Sabe que o diamante não é mais que o carvão de pedra cristalizado. Há tempos tentou um sábio químico reduzir o carvão de pedra a diamante, e li num artigo de revista que conseguiria apenas compor um pó de diamante, e nada mais. Eu alcancei o resto; vou mostrar-lhe um pedaço de carvão de pedra e transformá-lo em diamante.

Augusta bateu palmas de contente. Admirado dessa alegria súbita, perguntei-lhe sorrindo a causa.

– Gosto muito de ver uma operação química, respondeu ela.

– Deve ser interessante, disse eu.

– E é. Não sei até se papai era capaz de me fazer uma coisa.

– O que é?

– Eu lhe direi depois.

Daí a cinco minutos estávamos todos no laboratório do capitão Mendonça, que era uma sala pequena e escura, cheia dos instrumentos competentes. Sentamo-nos, Augusta e eu, enquanto o pai preparava a transformação anunciada.

Confesso que, apesar da minha curiosidade de homem de ciência, dividia a minha atenção entre a química do pai e as graças da filha. Augusta tinha efetivamente um aspecto fantástico; quando entrou no laboratório respirou largamente e com prazer, como quando se respira o ar embalsamado dos campos. Via-se que era o seu ar natal. Travei-lhe da mão, e ela, com esse estouvamento próprio da castidade ignorante, puxou a minha mão para si, fechou-a entre as suas e pô-las no regaço. Nesse momento passou o capitão ao pé de nós; viu-nos e sorriu à socapa.

– Vê, disse-me ela inclinando-se ao meu ouvido, meu pai aprova.

– Ah! disse eu, meio alegre, meio espantado de ver aquela franqueza da parte de uma menina.

No entanto, o capitão trabalhava ativamente na transformação do carvão de pedra em diamante. Para não ofender a vaidade do inventor fazia-lhe eu de quando em quando alguma observação, a que ele respondia sempre. A minha atenção, porém, estava toda voltada para Augusta. Não era possível ocultá-lo; eu já a amava; e por cúmulo de ventura era amado também. O casamento seria o desenlace natural daquela simpatia. Mas deveria eu casar-me, sem deixar de ser bom cristão? Esta ideia transtornou um pouco o meu espírito. Escrúpulos de consciência!

A moça era um produto químico; seu único batismo foi um banho de súlfur. A ciência daquele homem explicava tudo; mas a minha consciência recuava. E por quê? Augusta era tão bela como as outras mulheres – talvez mais bela –, pela mesma razão que a folha da árvore pintada é mais bela que a folha natural. Era um produto de arte; o saber do autor despojou o tipo humano de suas incorreções para criar um tipo ideal, um exemplar único. Ar triste! Era justamente essa idealidade que nos separaria aos olhos do mundo!

Não sei dizer que tempo gastou o capitão na transformação do carvão; eu deixava correr o tempo olhando para a moça e contemplando os seus belos olhos em que havia todas as graças e vertigens do mar.

De repente o cheiro acre do laboratório começou a aumentar de intensidade; eu que não estava acostumado senti-me um pouco incomodado, mas Augusta pediu-me que ficasse ao pé dela, sem o que teria saído.

– Não tarda! não tarda! exclamou o capitão com entusiasmo.

A exclamação era um convite que nos fazia; eu deixei-me estar ao pé da filha. Seguiu-se um silêncio prolongado. Fui interrompido no meu êxtase pelo capitão, que dizia:

– Pronto! Aqui está!

E efetivamente trouxe um diamante na palma da mão, perfeitíssimo e da melhor água. O volume era metade do carvão que servira de base à operação química. Eu, à vista da criação de Augusta, já me não admirava de nada. Aplaudi o capitão; quanto à filha, saltou-lhe ao pescoço e deu-lhe dois apertadíssimos abraços.

– Já vejo, meu caro sr. capitão, que deste modo deve ficar rico. Pode transformar em diamante todo o carvão que lhe parecer.

— Para quê? perguntou-me ele. Aos olhos de um naturalista o diamante e o carvão de pedra valem a mesma coisa.

— Sim, mas aos olhos do mundo...

— Aos olhos do mundo o diamante é a riqueza, bem sei; mas é a riqueza relativa. Suponha, meu rico sr. Amaral, que as minas de carvão do mundo inteiro, por meio de um alambique monstro, se transformem em diamante. De um dia para outro o mundo caía na miséria. O carvão é a riqueza; o diamante é o supérfluo.

— Concordo.

— Faço isto para mostrar que posso e sei; mas não o direi a ninguém. É segredo que fica comigo.

— Não trabalha então por amor à ciência?

— Não; tenho algum amor à ciência, mas é um amor platônico. Trabalho para mostrar que sei e posso criar. Quanto aos outros homens, importa-me pouco que saibam ou não. Chamar-me-ão egoísta; eu digo que sou filósofo. Quer este diamante como prova da minha estima e amostra do meu saber?

— Aceito, respondi.

— Aqui o tem; mas lembre-se sempre que esta pedra rutilante, tão procurada no mundo, e de tanto valor, capaz de lançar a guerra entre os homens, esta pedra não é mais que um pedaço de carvão.

Guardei o brilhante, que era lindíssimo, e acompanhei o capitão e a filha que saíam do laboratório. O que naquele momento me impressionava mais que tudo era a moça. Eu não trocaria por ela todos os diamantes célebres do mundo. Cada hora que passava ao pé dela aumentava a minha fascinação. Sentia invadir-me o delírio do amor; mais um dia e eu estaria unido àquela mulher irresistivelmente; separar-nos seria a morte para mim.

Quando chegamos à sala, o capitão Mendonça perguntou à filha, batendo uma pancada na testa:

– É verdade! Não me disseste que tinhas de pedir-me uma coisa?

– Sim; mas agora é tarde; amanhã. O doutor aparece, não?

– Sem dúvida.

– Afinal, disse Mendonça, o doutor há de acostumar-se aos meus trabalhos... e acreditará então...

– Já creio. Não posso negar a evidência; quem tem razão é o senhor; o resto do mundo não sabe nada.

Mendonça ouvia-me radiante de orgulho; o seu olhar, mais vago que nunca, parecia refletir a vertigem do espírito.

– Tem razão, disse ele, depois de alguns minutos; eu estou muito acima dos outros homens. A minha obra-prima...

– É esta, disse eu apontando para Augusta.

– Por ora, respondeu o capitão; mas eu medito coisas mais pasmosas; por exemplo, creio que descobri o meio de criar gênios.

– Como?

– Pego num homem de talento, notável ou medíocre, ou até num homem nulo, e faço dele um gênio.

– Isso é fácil...

– Fácil, não; é apenas possível. Aprendi isto... Aprendi? Não, descobri isto, guiado por uma palavra que encontrei num livro árabe do século décimo sexto. Quer vê-lo?

Não tive tempo de responder; o capitão saiu e voltou daí a alguns segundos com um livro in-fólio[6] na mão, grosseiramente impresso em caracteres árabes feitos com tinta vermelha. Explicou-me a sua ideia, mas por alto; eu não lhe prestei grande atenção; os meus olhos estavam embebidos nos de Augusta.

Quando saí era meia-noite. Augusta com voz suplicante e terna disse-me:

---

6 Formato de livro em que uma folha é dobrada para resultar em quatro páginas. *(N.E.)*

— Vem amanhã?

— Venho!

O velho estava de costas; eu levei a mão dela aos meus lábios e imprimi-lhe um longo e apaixonado beijo.

Depois saí correndo: tinha medo dela e de mim.

V

No dia seguinte recebi um bilhete do capitão Mendonça, logo de manhã.

Grande notícia! Trata-se da nossa felicidade, da sua, da minha e da de Augusta. Venha à noite sem falta.

Não faltei.

Fui recebido por Augusta, que me apertou as mãos com fogo. Estávamos sós; ousei dar-lhe um beijo na face. Ela corou muito, mas retribuiu-me imediatamente o beijo.

— Recebi hoje um bilhete misterioso de seu pai...

— Já sei, disse a moça; trata-se com efeito da nossa felicidade.

Passava-se isto no patamar da escada.

— Entre! entre! gritou o velho capitão.

Entramos.

O capitão estava na sala fumando um cigarro e passeando com as mãos nas costas, como na primeira noite em que o vira. Abraçou-me, e mandou que me sentasse.

— Meu caro doutor, disse-me ele depois que nos sentamos ambos, ficando Augusta de pé encostada à cadeira do pai; meu caro doutor, raras vezes a fortuna cai a ponto de fazer a completa felicidade de três pessoas. A felicidade é a mais rara coisa deste mundo.

— Mais rara que as pérolas, disse eu sentenciosamente.

– Muito mais, e de maior valia. Dizem que César comprou por seis milhões de sestércios uma pérola, para presentear Sevília. Quanto não daria ele por essa outra pérola, que recebeu de graça, e que lhe deu o poder do mundo?

– Qual?

– O gênio. A felicidade é o gênio.

Fiquei um pouco aborrecido com a conversa do capitão. Eu cuidava que a felicidade de que se tratava para mim e Augusta era o nosso casamento. Quando o homem me falou no gênio, olhei para a moça com olhos tão aflitos, que ela veio em meu auxílio dizendo ao pai:

– Mas, papai, comece pelo princípio.

– Tens razão; desculpa se o sábio faz esquecer o pai. Trata-se, meu caro amigo – dou-lhe este nome –, trata-se de um casamento.

– Ah!

– Minha filha confessou-me hoje de manhã que o ama loucamente e é igualmente amada. Daqui ao casamento é um passo.

– Tem razão; amo loucamente sua filha, e estou pronto a casar-me com ela, se o capitão consente.

– Consinto, aplaudo e agradeço.

Preciso acaso dizer que a resposta do capitão, ainda que prevista, encheu de felicidade o meu coração ambicioso? Levantei-me e apertei alegremente a mão do capitão.

– Compreendo! compreendo! disse o velho; já passaram por mim essas coisas. O amor é quase tudo na vida; a vida tem duas grandes faces: o amor e a ciência. Quem não compreender isto não é digno de ser homem. O poder e a glória não impedem que a caveira de Alexandre[7] seja

---

7 Alexandre Magno (356-323 a.C.) ou Alexandre, o Grande, talvez o maior general de todos os tempos, foi rei da Macedônia e o mais célebre conquistador do mundo antigo. *(N.E.)*

igual à caveira de um truão. As grandezas da terra não valem uma flor nascida à beira dos rios. O amor é o coração, a ciência a cabeça; o poder é simplesmente a espada...

Interrompi esta enfadonha preleção acerca das grandezas humanas dizendo a Augusta que desejava fazer a sua felicidade e ajudar com ela a tornar tranquila e alegre a velhice do pai.

— Lá por isso não se incomode, meu genro. Eu hei de ser feliz, quer queiram quer não. Um homem de minha têmpera nunca é infeliz. Tenho a felicidade nas mãos, não a faço depender de vãos preconceitos sociais.

Poucas palavras mais trocamos neste assunto, até que. Augusta tomou a palavra dizendo:

— Mas, papai, ainda lhe não falou das nossas condições.

— Não te impacientes, pequena; a noite é grande.

— De que se trata? perguntei eu.

Mendonça respondeu:

— Trata-se de uma condição lembrada por minha filha; e que o doutor naturalmente aceita.

— Pois não!

— Minha filha, continuou o capitão, deseja uma aliança digna de si e de mim.

— Não lhe parece que eu possa?...

— É excelente para o caso, mas falta-lhe uma pequena coisa...

— Riqueza?

— Ora, riqueza! isso tenho eu de sobra... se quiser. O que lhe falta, meu rico, é justamente o que me sobra.

Fiz um gesto de compreender o que ele dizia, mas simplesmente por formalidade, porque eu não compreendia nada.

O capitão tirou-me do embaraço.

— Falta-lhe gênio, disse.

— Ah!

– Minha filha pensa muito bem que a descendente de um gênio, só de outro gênio pode ser esposa. Não hei de entregar a minha obra às mãos grosseiras de um hotentote; e posto que, na planta geral dos outros homens, o senhor seja efetivamente um homem de talento – aos meus olhos não passa de um animal muito mesquinho –, pela mesma razão de que quatro candelabros alumiam uma sala e não poderiam alumiar a abóbada celeste.

– Mas...

– Se lhe não agrada a figura, dou-lhe outra mais vulgar: a mais bela estrela do céu nada vale desde que aparece o sol. O senhor será uma bonita estrela, mas eu sou o sol, e diante de mim vale tanto uma estrela como um fósforo, como um vaga-lume.

O capitão dizia isto com um ar diabólico, e o olhar mais vago que nunca. Receei que realmente o meu capitão, apesar de sábio, tivesse um acesso de loucura. Como sair-lhe das garras? E teria eu ânimo de fazê-lo diante de Augusta, a quem me prendia uma simpatia fatal?

Interveio a moça.

– Bem sabemos de tudo isto, disse ela ao pai; mas não se trata de dizer que ele nada vale; trata-se de dizer que há de valer muito... tudo.

– Como assim? perguntei.

– Introduzindo-lhe o gênio.

Apesar da conversa que a este respeito tivemos na noite anterior, não compreendi logo a explicação de Mendonça; mas ele teve a caridade de me expor claramente a sua ideia.

– Depois de profundas e pacientes investigações, cheguei a descobrir que o talento é uma pequena quantidade de éter encerrado numa cavidade do cérebro; o gênio é o mesmo éter em porção centuplicada. Para dar gênio a um homem de talento basta inserir na referida cavidade do cérebro mais noventa e nove quantidades de éter puro. É justamente a operação que vamos fazer.

Deixo a imaginação do leitor calcular a soma de espanto que me causou este feroz projeto do meu futuro sogro; espanto que redobrou quando Augusta disse:

— É uma verdadeira felicidade que papai houvesse feito esta descoberta. Faremos hoje mesmo a operação, sim?

Seriam dois loucos? Ou andaria eu num mundo de fantasmas? Olhei para ambos; ambos estavam risonhos e tranquilos como se houvessem dito a coisa mais natural deste mundo.

Tranquilizou-se-me o ânimo a pouco e pouco; refleti que era um homem robusto, e que não seria um velho e uma moça débil que me haviam de forçar a uma operação que eu considerava um simples e puro assassinato.

— A operação será hoje, disse Augusta depois de alguns instantes.

— Hoje, não, respondi; mas amanhã a esta hora com toda a certeza.

— Por que não hoje? perguntou a filha do capitão.

— Tenho muito que fazer.

O capitão sorriu com ar de quem não engolia a pílula.

— Meu genro, eu sou velho e conheço todos os recursos da mentira. O adiamento que nos pede é uma evasiva grosseira. Pois não é muito melhor ser hoje um grande luzeiro da humanidade, um êmulo de Deus, do que ficar até amanhã simples homem como os outros?

— Sem dúvida; mas amanhã teremos mais tempo...

— Eu apenas lhe peço meia hora.

— Pois bem, será hoje; mas eu desejo simplesmente dispor agora de uns três quartos de hora, findos os quais volto e fico à sua disposição.

O velho Mendonça fingiu aceitar a proposta.

– Pois sim; mas, para ver que eu não me descuidei do senhor, ande cá ao laboratório ver a soma de éter que pretendo introduzir-lhe no cérebro.

Fomos ao laboratório; Augusta ia pelo meu braço; o capitão caminhava adiante com uma lanterna na mão. O laboratório estava iluminado com três velas em forma de triângulo. Noutra ocasião perguntaria eu a razão daquela disposição especial das velas; mas naquele momento todo o meu desejo era estar longe de semelhante casa.

E contudo uma força me prendia, e dificilmente poderia eu arrancar-me dali; era Augusta. Aquela moça exercia sobre mim uma pressão a um tempo doce e dolorosa; sentia-me escravo dela, a minha vida como que se fundia na sua; era uma fascinação vertiginosa.

O capitão sacou de um caixão de madeira preta um frasco contendo éter. Disse-me ele que havia no frasco, porque eu não vi coisa nenhuma, e fazendo esta observação, respondeu-me ele:

– Pois precisa ver o gênio? Afirmo-lhe que há aqui dentro noventa e nove doses de éter, as quais, juntas à única dose que a natureza lhe deu, formarão cem doses perfeitas.

A moça pegou no frasco e o examinou contra a luz. Pela minha parte, limitei-me a convencer o homem por meio da minha simplicidade.

– Afirma-me, disse-lhe eu, que é gênio de primeira ordem?

– Afirmo-lho. Mas por que se há de fiar em palavras? O senhor vai saber o que é.

Dizendo isto puxou-me pelo braço com tamanha força que eu vacilei. Compreendi que era chegada a crise fatal. Procurei desvencilhar-me do velho, mas senti cair-me na cabeça três ou quatro gotas de um líquido gelado; perdi as forças, fraquearam-me as pernas; caí no chão sem movimento.

Aqui não poderei descrever cabalmente a minha tortura; eu via e ouvia tudo sem poder articular uma palavra nem fazer um gesto.

– Queria lutar comigo, maganão? dizia o químico; lutar com aquele que te vai fazer feliz! Era ingratidão antecipada; amanhã tu me hás de abraçar contentíssimo.

Voltei os olhos para Augusta; a filha do capitão preparava um longo estilete, enquanto o velho tratava de introduzir sutilmente no frasco um finíssimo tubo de borracha destinado a transportar o éter do frasco para o interior do meu cérebro.

Não sei que tempo durou a preparação do meu suplício; sei que ambos se aproximaram de mim; o capitão trazia o estilete e a filha o frasco.

— Augusta, disse o pai, toma cuidado não se derrame éter nenhum; olha, traz aquela luz; bem; senta-te aí no banquinho. Eu vou furar-lhe a cabeça. Apenas sacar o estilete, introduze-lhe o tubo e abre a pequena mola. Bastam dois minutos; aqui tens o relógio.

Ouvi aquilo tudo banhado em suores frios. De repente os olhos foram-se-me enterrando; as feições do capitão assumiram proporções descomunais e fantásticas; uma luz verde e amarela enchia todo o quarto; pouco a pouco os objetos iam perdendo as formas, e tudo em volta de mim ficou mergulhado numa penumbra crepuscular.

Senti uma dor agudíssima no alto do crânio; corpo estranho penetrou até o interior do cérebro. Não sei de mais nada. Creio que desmaiei.

Quando dei acordo de mim o laboratório estava deserto; pai e filha tinham desaparecido. Pareceu-me ver em frente de mim uma cortina. Uma voz forte e áspera soou aos meus ouvidos:

— Olá! Acorde!

— Que é?

— Acorde! Quem tem sono dorme em casa, não vem ao teatro.

Abri de todo os olhos; vi em frente de mim um sujeito desconhecido; eu achava-me sentado numa cadeira no teatro de S. Pedro.

— Ande, disse o sujeito, quero fechar as portas.

— Pois o espetáculo acabou?

– Há dez minutos.

– E eu dormi esse tempo todo?

– Como uma pedra.

– Que vergonha!

– Realmente, não fez grande figura; todos que estavam perto riam de o ver dormir enquanto se representava. Parece que o sono foi agitado...

– Sim, um pesadelo... Queira perdoar; vou-me embora.

E saí protestando não recorrer, em casos de arrufo, aos dramas ultrarromânticos: são pesados demais.

Quando ia pôr o pé na rua, chamou-me o porteiro, e entregou-me um bilhete do capitão Mendonça. Dizia assim:

Meu caro doutor. Entrei há pouco e vi-o dormir com tão boa vontade que achei mais prudente ir-me embora pedindo-lhe que me visite quando quiser, no que me dará muita honra. 10 horas da noite.

Apesar de saber que o Mendonça da realidade não era o do sonho, desisti de o ir visitar. Berrem os praguentos, embora – tu és a rainha do mundo, ó superstição.

Machado de Assis

nasceu e morreu no Rio de Janeiro (1839-1908). Primeiro presidente da Academia Brasileira de Letras, é considerado nosso maior escritor. Seu apelido, "O Bruxo", talvez se deva ao costume de queimar papéis antigos num grande caldeirão da sua casa no Cosme Velho, ou ao seu poder de *enfeitiçar* os leitores com suas narrativas.

O conto "O capitão Mendonça" foi publicado originalmente no *Jornal das Famílias*, em 1870.

coleção
QUERO LER
Suplemento de Atividades

editora ática

HISTÓRIAS PARA NÃO DORMIR
Vários autores

Nas dez narrativas do livro, você deparou com cenas em que o terror se revela em situações aterradoras do cotidiano, que podem ser vividas por qualquer um, ou em acontecimentos absurdos e fantásticos, mas não menos assustadores. Agora é o momento de se aprofundar nessas histórias e descobrir quais são os elementos que criam esse clima de terror e de onde, afinal, vem

Nome: ....

Ano: ....

Escola: ....

( ) Fatos assustadores são vividos por um personagem que só depois de quase morrer de medo descobre que nada aconteceu de verdade.

3. Agora, identifique os contos que abordam os seguintes fatos:

a) Para receber o prêmio por cortar os cabelos de um rapaz, sujeito arranca-os com o crânio.

....

b) Um amigo assassina o outro friamente, com requintes de crueldade, e sente muito prazer.

....

c) Depois de uma cirurgia para recuperar a visão, paciente passa a ver caveiras em vez de pessoas.

....

d) Homem morto há muitos anos continua em seu corpo, movendo-se e agindo como vivo.

....

■ PARA CAUSAR O FRIO NA NUCA

seria o mesmo. E até o enredo poderia ser diferente, já que, sabendo qual o seu papel na cena da caçada, a tendência do personagem seria manter-se distante da tapeçaria.

( ) Em "Sredni Vashtar", o personagem principal é um menino solitário, menosprezado pela tutora e que só tem uma galinha e um furão como companheiros. Ao lado da inocência da infância, revela-se a crueldade de que as crianças são capazes. No entanto, mesmo que o personagem fosse um adulto, a narrativa teria o mesmo impacto.

( ) No conto "O barril de Amontillado", além de personagem principal, Montresor é o narrador da história. Com ele narrando passo a passo o seu plano de vingança, o leitor pode conhecê-lo mais profundamente, e tem a oportunidade de se aproximar da mente de um criminoso insano.

6. No conto "Por que matei o violinista", o narrador trata com naturalidade a visita de seu personagem deformado, como se não estivesse descrevendo

fosse utilizada essa estratégia, você acha que o interesse pela narrativa seria o mesmo? Justifique sua resposta.

....

....

....

....

5. A maneira como são caracterizados os personagens e o seu papel na narrativa contribuem bastante para a construção do clima de terror. Assinale a alternativa incorreta.

( ) No conto "A galinha degolada", os quatro meninos são deficientes mentais que têm fixação por cores fortes (como o vermelho) e, dentre as poucas faculdades humanas, são capazes de imitar os outros (imitam a cozinheira). Sem essa caracterização, a tragédia não teria acontecido, nem a narrativa seria tão dramática.

( ) Se o personagem central de "A caçada" soubesse desde o início qual a sua relação com a tapeçaria, o clima de tensão da história não

que os fatos narrados sejam possíveis de acontecer na realidade? Justifique sua resposta

....

....

....

....

....

7. Percebemos que em alguns desses contos, e nas histórias de terror de modo geral, há descrição detalhada de cenas violentas, assustadoras, sangrentas, enquanto em outros são omitidas descrições desse tipo, abrindo espaço para a imaginação do leitor. Na sua opinião, o que provoca mais terror: as cenas explícitas ou as só sugeridas? Justifique sua resposta.

....

....

....

....

I. Muitas vezes o terror está concentrado no fato em si. Mas há casos em que a forma como os acontecimentos são narrados é que mais colabora para criar o clima de terror. Identifique com um F os contos que concentram a carga de terror no fato ocorrido e com um N aqueles em que o terror é construído muito mais pelo jeito como o fato é narrado.

( ) "Sredni Vashtar"

( ) "Os cachos da situação"

( ) "A mão do macaco"

( ) "Por que matei o violinista"

( ) "O barril de Amontillado"

( ) "A caçada"

( ) "A galinha degolada"

( ) "Os olhos que comiam carne"

( ) "Vento frio"

( ) "O capitão Mendonça"

2. O jeito de contar uma história pode ser fundamental para a construção do clima de terror. Avalie os contos a seguir, relacionando-os com as colunas "o fato" e "a narração do fato".

(1) "Sredni Vashtar"

(2) "A mão do macaco"

(3) "Por que matei o violinista"

(4) "O capitão Mendonça"

O FATO

( ) Homem dorme durante uma peça de teatro e tem um pesadelo.

( ) Mulher morre atacada por um animal selvagem.

( ) Escritor cria um conto sobre um incêndio em que um violinista morre.

( ) Amuleto encantado atende aos três pedidos de um pai de família.

A NARRAÇÃO DO FATO

( ) Personagem fica completamente deformado num acidente e implora ao seu criador para deixá-lo morrer.

( ) Menino solitário e desprezado por quem o cria inventa um deus e suplica a ele que mate essa pessoa.

( ) A morte de um rapaz e o desejo da mãe de revê-lo criam um grande suspense: ele voltará a este mundo? E em que estado físico?

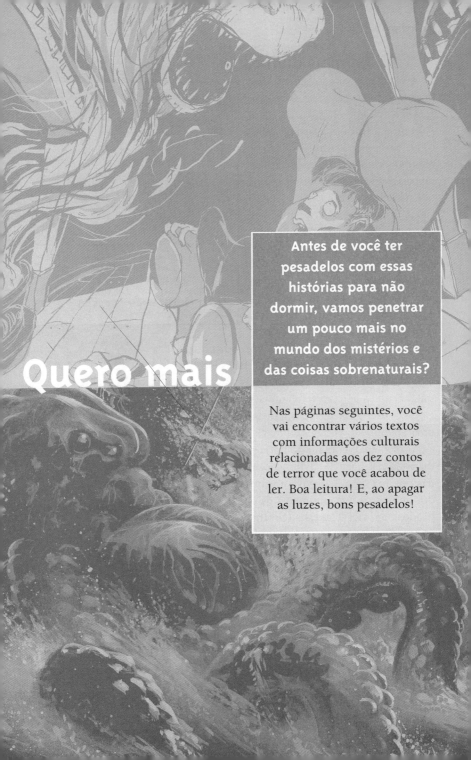

Quero mais

Antes de você ter pesadelos com essas histórias para não dormir, vamos penetrar um pouco mais no mundo dos mistérios e das coisas sobrenaturais?

Nas páginas seguintes, você vai encontrar vários textos com informações culturais relacionadas aos dez contos de terror que você acabou de ler. Boa leitura! E, ao apagar as luzes, bons pesadelos!

Religião

Animais divinos

A imaginação pode ser um dos mais impenetráveis refúgios ou prisões que um homem pode inventar – ou uma criança, no caso de Conradin, do conto "Sredni Vashtar". O menino, de apenas dez anos, limitado pela saúde frágil e por uma tutora que não demonstra carinho por ele, vê em um furão seu próprio deus, a quem devota tanto o amor quanto o terror que é capaz de sentir.

A visão do animal como um ser sagrado tem origem em épocas muito remotas e pode ser comprovada por achados arqueológicos, como túmulos com ossadas humanas rodeadas por crânios de animais dispostos de forma muito cuidadosa e as pinturas em cavernas pré-históricas, que frequentemente retratam ritos que envolvem animais.

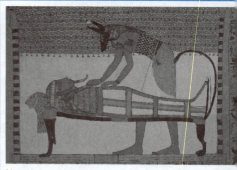

Na cultura egípcia são muito comuns as figuras divinas com corpo humano e cabeça animal, como Anúbis, o deus da morte, que presidia às mumificações e protegia as tumbas. A sua associação com o chacal ou com o cão provavelmente se deve ao fato de esses animais perambularem pelos cemitérios.

Os deuses animais remontam aos primórdios da humanidade, às bases da magia e da religião, e representam o contato do homem com a sabedoria da natureza. A civilização indiana é uma das que mantêm mais viva a simbologia divina dos animais, sendo inúmeros os deuses identificados com eles: Ganesha (elefante), Hanuman (macaco), Matsya (peixe), Kurma (tartaruga), Shiva (serpente), Durga (leão), Sarasvati (pavão) etc. No Antigo Egito os animais também eram venerados, tidos como super-humanos e não como criaturas selvagens. Em seu território, arqueólogos encontraram cemitérios de animais mumificados, atestando o grande respeito que os antigos egípcios tinham por eles.

Em todas as culturas os animais sempre estiveram presentes, inclusive no seu universo mitológico, em que seus poderes são exacerbados pela imaginação do ser humano.

Os sacerdotes do templo de Karni M na Índia, acreditam que os ratos são sageiros dos deuses. Esses animais n saem do templo, apesar de as portas rem abertas, e sua população sempre maneceu a mesma, em torno de 200 r

Magia e crendices

Talismãs, amuletos e objetos de poder

O poder da magia e do sobrenatural muitas vezes está associado a algum objeto. Por isso os talismãs, amuletos e objetos místicos são tão conhecidos nas histórias e lendas. Em *As mil e uma noites*, a lâmpada maravilhosa de Aladim era a morada de um gênio. A fada madrinha de Cinderela realizava suas magias com a varinha de condão. E armas, anéis e adornos encantados povoam as lendas nórdicas que inspiraram a ópera *O anel do Nibelungo*, de Richard Wagner (1813-1873), e *O senhor dos anéis*, de J. R. R. Tolkien (1892-1973).

Das culturas afro-brasileiras, conhecemos o patuá, um amuleto geralmente feito com ervas embaladas em um saquinho de pano que deve ser carregado junto ao corpo e que oferece proteção ou ajuda na conquista de um objetivo, como a pessoa amada. Acredita-se que certas pedras teriam atributos semelhantes, como a esmeralda (para afastar maus espíritos) e a pedra da lua (para atrair amor).

Em "A mão do macaco", que você leu neste livro, o objeto de poder é uma sinistra pata encantada por um "homem santo" da Índia. A narrativa nos alerta para o perigo de fazer pactos com o desconhecido a fim de satisfazer nossos desejos. Ela ecoa em *Cemitério maldito*, escrito em 1983 pelo mestre do horror contemporâneo Stephen King (1943-) e transformado em filme em 1989. Os que são enterrados nesse cemitério voltam à vida, mas bem diferentes do que eram quando vivos...

Ciência

Terror científico

Muitos contos deste livro foram escritos entre o fim do século XIX e o começo do século XX. Nessa época, a imaginação dos escritores voava com os progressos da ciência, que expandia a percepção da humanidade sobre o mundo e sobre si mesma. Charles Darwin já havia estabelecido sua teoria da seleção natural, o casal Curie pesquisava a química e a radiação, Sigmund Freud investigava a mente humana. No Brasil, o Romantismo cedia espaço a relatos mais concretos e realistas, que buscavam a alma dos personagens.

A ciência que vinha sendo sistematizada desde meados do século XVIII trazia fascinação, pela nova maneira com que decifrava a natureza, mas também horror, por confrontar dogmas religiosos. São dessa época nomes como Mary Shelley, autora de *Frankenstein* (1831), que de certa forma especulava o que aconteceria se o homem, criatura imperfeita, se tornasse ele próprio um criador.

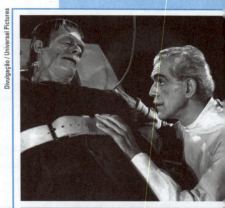

Narrativas como "Vento frio", "Os olhos que comiam carne" e "O capitão Mendonça" também remetem a esse estranhamento entre ciência, matéria e alma humana. Em outro famoso romance, *O médico e o monstro* (1886), Robert Louis Stevenson apresenta um cientista que descobre uma perigosa fórmula, capaz de transformar sua personalidade e despertar uma besta interior.

Cada uma à sua maneira, debaixo de suas tramas de suspense, essas histórias parecem nos perguntar: como lidar com questões que vislumbramos, mas cuja grandeza e abrangência desconhecemos?

Experiências científicas muitas vezes provocam es O dom divino da criação pode levar o ser humano duzir grandes feitos, mas também coisas muito sir como vemos nestas cenas de *Frankestein* (acima) médico e o monstro.

Arte e realidade

O real de lá, o terror daqui

No filme *Matrix* (1999), Neo é instigado por Morpheus a escolher entre permanecer no mundo em que vive ou descobrir uma nova realidade, muito "mais real" e sinistra. O conto "A caçada" também opõe dois mundos: o personagem é atraído por uma tapeçaria e crê ter participado da cena ali retratada. Esse arrepio que dá quando achamos que já vivemos uma situação chama-se *déjà vu* ("já visto"). No filme *Matrix*, ele é descrito como uma falha no sistema que gera a "matriz" da realidade – e pode ser, por si só, motivo de uns bons sustos.

Se nesse conto o protagonista entra numa obra de arte, em "Por que matei o violinista" o personagem sai das páginas da narrativa para tomar satisfações sobre o destino que o autor lhe deu.

Acontecimentos fantásticos como esses podem provocar bons momentos de terror. E o mesmo se pode dizer de fatos passíveis de acontecer na realidade. Uma boa obra de terror pode nos levar a sentir medo de situações antes insuspeitas. Quem nunca saiu rapidinho do chuveiro por se lembrar da clássica cena de *Psicose* (1960), em que uma mulher é assassinada enquanto toma banho? Já a trilogia *Pânico* (1996) acrescentou o elemento apavorante ao trote telefônico. "O barril de Amontillado", "Os cachos da situação" e "A galinha degolada" também nos colocam nessa incômoda posição de alvos potenciais de um destino aleatório. Esse tipo de terror "não mágico" pode ser mais arrepiante por ser palpável – e por nos defrontar com as casualidades da vida, que volta e meia nos apresenta fatos para os quais não temos sequer uma explicação sobrenatural que nos possa consolar.

filmes e nos livros deparamos com situações pilantes para as quais já nos preparamos de antão. Mas nas situações do dia a dia o terror pode r à espreita, e nos pegar de surpresa.